中國語言文字研究輯刊

二二編

許學仁 主編

第16冊

秦簡書體文字研究（第五冊）

葉書珊 著

花木蘭文化事業有限公司

國家圖書館出版品預行編目資料

秦簡書體文字研究（第五冊）／葉書珊 著 -- 初版 -- 新北市：
花木蘭文化事業有限公司，2022〔民111〕
目 4+264 面；21×29.7 公分
（中國語言文字研究輯刊　二二編；第 16 冊）
ISBN 978-986-518-842-9（精裝）
1.CST：簡牘文字 2.CST：書體 3.CST：研究考訂
802.08　　110022448

ISBN-978-986-518-842-9

中國語言文字研究輯刊
二二編　第十六冊　ISBN：978-986-518-842-9

秦簡書體文字研究（第五冊）

作　者　葉書珊
主　編　許學仁
總 編 輯　杜潔祥
副總編輯　楊嘉樂
編輯主任　許郁翎
編　輯　張雅淋、潘玟靜、劉子瑄　美術編輯　陳逸婷
出　版　花木蘭文化事業有限公司
發 行 人　高小娟
聯絡地址　235 新北市中和區中安街七二號十三樓
電話：02-2923-1455／傳真：02-2923-1452
網　址　http://www.huamulan.tw 信箱 service@huamulans.com
印　刷　普羅文化出版廣告事業
初　版　2022 年 3 月
定　價　二二編 28 冊（精裝）　台幣 92,000 元　

秦簡書體文字研究
（第五冊）

葉書珊 著

目次

第一冊

序
引用書目簡稱對照表
第一章　緒　論……1
　第一節　研究目的與動機……2
　第二節　研究範圍與方法……4
　第三節　秦簡研究近況……6
　第四節　秦簡的出土……15
第二章　隸書的發展與應用……51
　第一節　隸書的起源……52
　第二節　隸書的命名……62
　第三節　隸書的發展……68
　第四節　小結……85
第三章　秦簡文字書體風格探析……87
　第一節　秦簡中的小篆書體探析……88
　第二節　秦簡中的隸書書體探析……108
　第三節　秦簡的草書書體探析……128
　第四節　小結……151
第四章　秦簡訛變字校釋……153
　第一節　秦簡訛變字辨析……155
　第二節　秦簡「鄉」字辨析……160
　第三節　秦簡訛變字「冗」辨析……178
　第四節　秦簡訛變字「予」辨析……196
第五章　秦簡重文例釋牘……221
　第一節　嶽麓秦簡「君子＝」釋義……223
　第二節　里耶秦簡「當論＝」釋義……245
第六章　結　論……261
　第一節　研究成果……261
　第二節　未來展望……267
參考書目……271

第二冊

附　錄……289
　附錄一：秦簡字形表……291
　　一畫……293

二畫……295
三畫……302
四畫……318
五畫……350
六畫……388
七畫……431

第三冊

八畫……477
九畫……542
十畫……605

第四冊

十一畫……667
十二畫……737
十三畫……805

第五冊

十四畫……859
十五畫……902
十六畫……949
十七畫……982
十八畫……1010
十九畫……1028
二十畫……1045
二十一畫……1055
二十二畫……1064
二十三畫……1070
二十四畫……1074
二十五畫……1077
二十六畫……1078
二十七畫……1078
二十八畫……1079
二十九畫……1079
三十畫……1080
三十三畫……1080

其他 …… 1080
附錄二：筆畫檢索 …… 1085

表格目次

表 1-4-1　秦簡出土概況 …… 49
表 2-1-1　侯乙墓文字比較 …… 57
表 2-3-1　隸書檢字表 …… 77
表 3-1-1　秦簡小篆筆勢字例 …… 92
表 3-2-1　秦簡隸書筆勢字例 …… 111
表 3-3-1　秦簡草書筆勢字例 …… 131
表 3-3-2　秦簡的草書連筆部件 …… 145
表 4-2-1　秦簡「鄉」字形表 …… 171
表 4-2-2　秦簡的「鄉」字 …… 177
表 4-3-1　秦簡「冗」字形表 …… 185
表 4-3-2　秦簡的「內」字 …… 189
表 4-3-2　秦簡的「穴」字 …… 191
表 4-3-3　秦簡的「冗」字 …… 192
表 4-4-1　「野」字的異體字 …… 205
表 4-4-2　秦簡的「矛」字 …… 212
表 4-4-3　秦簡的「予」字 …… 212
表 5-1-1　秦簡的「君子」 …… 242
表 5-2-1　里耶秦簡的「謾」、「譺」字 …… 253
表 5-2-2　里耶秦簡的「夬」、「史」字 …… 255
表 5-2-3　秦簡的「當論」 …… 258

圖版目次

圖 1-4-1　睡虎地 11 號墓棺 …… 16
圖 1-4-2　睡虎地木牘 …… 20
圖 1-4-3　青川木牘 …… 22
圖 1-4-4　放馬灘秦簡：地圖 …… 26
圖 1-4-5　放馬灘秦簡：丹 …… 27
圖 1-4-6　嶽山秦牘 …… 29
圖 1-4-7　龍崗木牘 …… 31
圖 1-4-8　龍崗秦簡 …… 31
圖 1-4-9　王家臺秦簡 …… 34
圖 1-4-10　周家臺木牘 …… 37
圖 1-4-11　周家臺秦簡：〈日書〉 …… 38

圖 1-4-12 里耶秦簡 …… 40
圖 1-4-13 兔子山秦牘 …… 42
圖 1-4-14 嶽麓秦簡〈日書〉…… 45
圖 1-4-15 嶽麓秦簡〈為吏治官及黔首〉…… 45
圖 1-4-16 嶽麓秦簡〈秦律令（貳）〉…… 46
圖 1-4-17 北大秦牘：〈泰原有死者〉…… 48
圖 1-4-18 北大秦簡：〈從政之經〉部分 …… 48
圖 2-1-1 欒書缶 …… 60
圖 2-1-2 潘君簠 …… 60
圖 2-1-3 鄀公鈁鐘 …… 60
圖 2-1-4 侯馬盟書 …… 61
圖 2-1-5 秦公簋 …… 61
圖 2-3-1 永壽瓦罐 …… 79
圖 2-3-2 熹平瓦罐 …… 79
圖 2-3-3 三體石經 …… 80
圖 2-3-4 清華簡 …… 80
圖 2-3-5 秦駰禱病玉版 …… 80
圖 2-3-6 十六年大良造庶長鞅鐓 …… 81
圖 2-3-7 商鞅方升 …… 81
圖 2-3-8 杜虎符 …… 81
圖 2-3-9 廿九年漆卮 …… 82
圖 2-3-10 秦封宗邑瓦書 …… 82
圖 2-3-11 馬王堆漢簡 …… 83
圖 2-3-12 銀雀山漢簡 …… 83
圖 2-3-13 北大漢簡 …… 83
圖 2-3-14 張家山漢簡 …… 83
圖 2-3-15 武威漢簡 …… 84
圖 2-3-16 居延漢簡 …… 84
圖 2-3-17 孔家坡漢簡 …… 84
圖 2-3-18 尹灣漢簡 …… 85
圖 2-3-19 敦煌漢簡 …… 85
圖 5-2-1 里耶秦簡 簡 8.60、8.656、8.665、8.748 綴合 …… 251

十四畫

	字例									頁碼
福	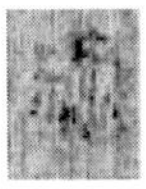 里9.672背									3
	 睡・日乙146									
禍	 嶽一・為吏62									8
瑣	 里8.1343	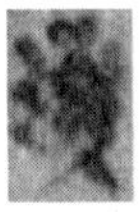 里8.2089								16
	 嶽三・癸12	 嶽三・癸19	 嶽三・癸24							
蒲	 里8.1134	 里9.665								28
	 睡・葉5	 睡・秦種131								
	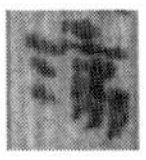 周・50									
蒐	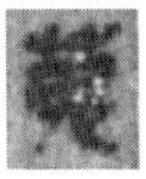 睡・秦雜7									31

蒼	 里 8.376	 里 8.758	 里 9.259	 里 9.10 28	 里 9.14 21 背					40
	 嶽五・律貳 56	 嶽五・律貳 17								
	 放・日乙 211									
蒔	  嶽三・癸 54									40
	 里 9.29 52									
蓋	 8.143	 里 9.731	 里 9.12 97							43
	 嶽一・為吏 12	 嶽三・芮 62	 嶽三・芮 63	 嶽三・芮 69						

	 睡·秦種 10	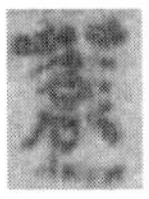 睡·秦種 127	 睡·秦種 195	 睡·日甲 166 背	 睡·日乙 23	 睡·日乙 46	 睡·日乙 113			
	 放·日乙 94									
	 周·328									
燕	 里 9.2289									45
蒙	 里 8.126									46
蒿	 放·日乙 155									47
	 里 9.1189									
蓄	 嶽一·為吏 20									48
蓐	 里 8.395	 里 8.1861	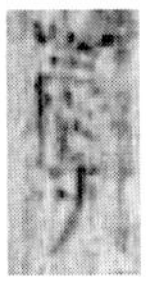 里 9.989							48

	 嶽一·占夢 19									
	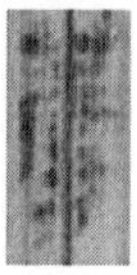 放·日乙 367									
犖	 放·日甲 28									51
嘘	 周·330	 周·376								58
趙	 里 8.140	 里 8.767	 里 8.1478	 里 8.1690	 里 9.160	 里 9.1715	 里 9.2246			66
	 嶽四·律壹 332	 嶽五·律貳 13								
	 睡·葉 25									
	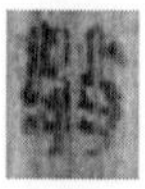 放·志 3									
遝	 里 8.133	 里 8.144	 里 8.1045	 里 8.1423						71

	嶽三·癸 61	嶽四·律壹 70	嶽四·律壹 383	嶽五·律貳 63	嶽五·律貳 336					
	睡·秦種 105	睡·法 143								
遣	里 8.100.1	里 8.143	里 8.278	里 8.1558	里 8.144	里 8.213	里 8.419	里 8.2002		73
	里 9.607	里 9.1289								
	嶽四·律壹 184	嶽四·律壹 329	嶽五·律貳 31	嶽五·律貳 260	嶽五·律貳 322					
	睡·秦種 159	睡·法 4	睡·封 14							
遠	里 8.78	里 8.2000	里 9.9	里 9.511	里 9.3327					75
	嶽一·占夢 22	嶽一·占夢 28	嶽三·綰 242	嶽四·律壹 203	嶽四·壹 265	嶽五·律貳 10	嶽五·貳 157	嶽五·律 319		

	 睡・秦種 87	 睡・秦種 119	 睡・日甲 40 背	 睡・日甲 111 背	 睡・日乙 43	 睡・日乙 140				
	 放・日甲 18	 放・日乙 72	 放・日乙 124	 放・日乙 321						
	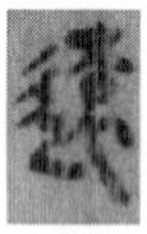 周・139									
	 山・2									
語	 嶽一・占夢 4									90
	 睡・語 14 背	 睡・為 2	 睡・日甲 143							
	 放・日乙 336									
	 周・211	 周・255								
誨	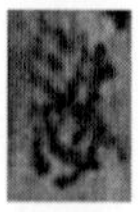 里 8.298									91
	 嶽五・律貳 12									

説	 里 8.873	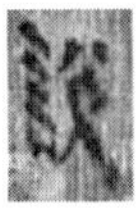 里 8.20 27								94
	 睡・日 甲 160	 睡・日 乙 17	 睡・日 乙 23							
	 嶽一・ 為吏 50									
	 放・日 甲 57	 放・日 甲 62	 放・日 乙 43							
	 周・249	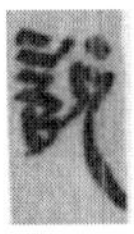 周・253								
誧	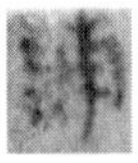 里 8.135									95
	 睡・法 106									
誣	 睡・法 117									97
詐	 里 8.209	 里 8.14 23	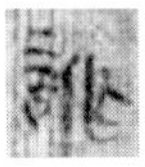 里 9.340	 里 9.881	 里 9.13 40					97
	 睡・日 乙 17	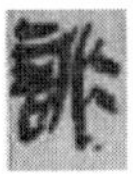 睡・日 乙 23								

	 嶽五·律貳266	 嶽五·律貳5								
	 放·日乙260									
	 龍·4	 龍·12	 龍·128A							
誤	 里8.557	 里9.546	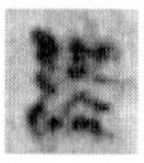 里9.1454	 里9.3186背						98
	 嶽二·數11	 嶽二·數12	 嶽四·律壹226	 嶽五·律貳64						
	 睡·效44	 睡·效60	 睡·法209							
對	 嶽五·律貳118									103
僕	 里6.7	 里8.137	 里8.190	 里8.756	 里9.19背					104
	 嶽三·猩53	 嶽四·律壹263	 嶽四·律壹165	 嶽五·律貳258						

	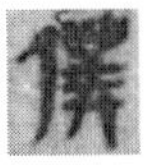 睡・秦種 113	 睡・秦種 150	 睡・秦種 180	 睡・秦雜 13	 睡・日甲 86 背					
	 放・日乙 5									
	 龍・156									
與	 嶽五・律貳 3	 嶽五・律貳 5	 嶽五・律貳 41	 嶽五・律貳 47	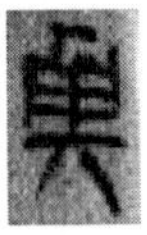 嶽五・律貳 172					106
	 睡・日乙 122									
	 放・日乙 15									
	 龍・11	 龍・133	 龍・151	 龍・174						
鞅	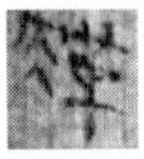 里 8.2019 背									111
	 睡・法 179									
臧	 嶽四・律壹 67	 嶽五・律貳 40	 嶽五・律貳 252							119

	 睡·法 1	 睡·法 16	 睡·日甲 91 背	 睡·日甲 92 背	 睡·日甲 98 背					
	 放·日甲 17	 放·日甲 35								
	 龍·133	 龍·151	 龍·161							
	 周·354									
殼	 里 8.528	 里 8.674	 里 8.1032							120
	 嶽一·為吏 20	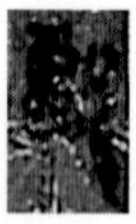 嶽一·占夢 20								
徹	 嶽四·律壹 178									123
	 里 9.452 背	 里 9.564	 里 9.2315 背							
	 睡·法 27	 睡·日乙 47	 睡·日乙 50							

	 放・日甲 14									
瞀	 里 8.458									134
鼻	 睡・法 83	 睡・日甲 9 背	 睡・日甲 95 背							139
	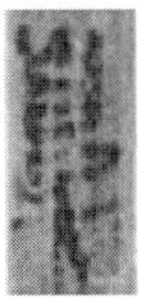 放・日乙 238									
	 周・346									
翠	 嶽五・律貳 58									140
翦	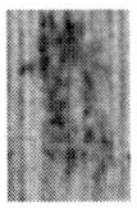 里 8.1523 背	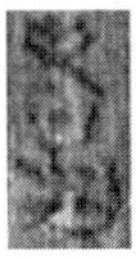 里 8.2036	 里 9.457	 里 9.480	 里 9.1223	 里 9.1983				140
翟	 里 9.1050	 里 9.1277								140

雒	 里 8.232	 里 9.1461	 里 9.1801							142
	 嶽四・律壹 53									
奪	 嶽三・芮 68	 嶽四・律壹 235	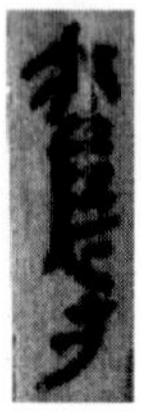 嶽四・律壹 338							145
	 里 9.314									
	 睡・秦種 132	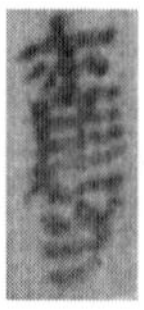 睡・秦雜 37	 睡・日甲 2	 睡・日乙 17						
	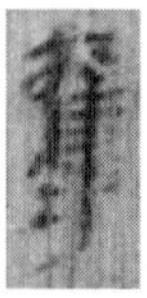 放・日乙 333									
雌	 里 8.495	 里 9.737								145
	 放・日乙 297									

鳳	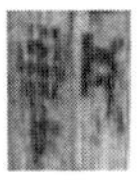 放・日 乙 336									149
鳶	 睡・日甲 137 背	 睡・日甲 143 背								155
鳴	 嶽一・ 占夢 5									158
	 睡・葉 45	 睡・日甲 121 背								
	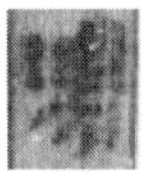 放・日 乙 143	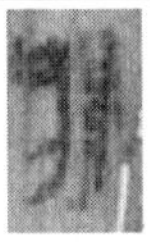 放・日 乙 300	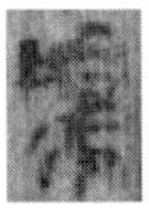 放・志 4							
疐	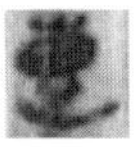 睡・封 53									161
膏	 里 9.244	 里 9.15 69								171
罰	 里 8.429	 里 8.707	 里 8.22 46	 里 9.14 15						184
	 嶽一・ 為吏 49	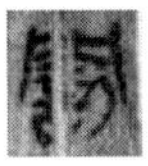 嶽五・律 貳 148	 嶽五・律 貳 151							

	 睡・語 13	 睡・秦種 14	 睡‧為 7							
楷	 里 8.782	 里 8.2263								186
	 嶽二・數 33	 嶽二・數 42	 嶽二・數 187	 嶽二・數 191						
	 睡‧為 2	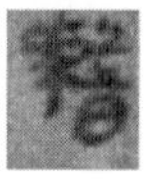 睡・日甲 86 背								
箸	 里 5.10									195
箕	 里 8.2098									201
	 睡・日甲 142 背									
	 嶽二・數 64									
	 周・137	 周・199								

嘗	 里 8.1849	 里 9.859								204
	 嶽三·魏152	 嶽五·律貳 129								
	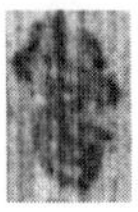 睡·封 93									
寧	 嶽四·律壹 279									205
	 睡·封 91	 睡·為 37	 睡·為 39	 睡·日乙 80	 睡·日乙 192					
	 山·2									
嘉	 里 5.1	 里 8.439	 里 9.1 背	 里 9.2 背	 里 9.4 背	 里 9.6 背	 里 9.8 背	 里 9.9 背	 里 9.11 背	207
	 嶽一·35 質 1									
	 周·24	 周(木)·1 背								

盡	 里 8.16	 里 8.214	 里 8.757	 里 8.776	 里 8.1798	 里 8.78 背	 里 8.110	 里 8.883	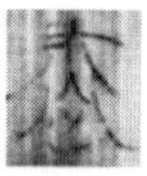 里 8.1868	214
	 里 9.867	 里 9.1121	 里 9.1132							
	 嶽一·為吏 22	 嶽三·芮 75	 嶽三·芮 86	 嶽三·同 143	 嶽四·律壹 249	 嶽四·律壹 265	 嶽五·律貳 7	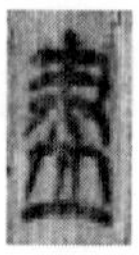 嶽五·律貳 58		
	 睡·秦種 46	 睡·秦種 51	 睡·法 26	 睡·法 136	 睡·日甲 46 背					
	 放·日甲 21	 放·日乙 12	 放·日乙 19	 放·日乙 22						
	 龍·133	 龍·185								
	 周·314	 周(木)·1 背								
舞	 里 9.3225									236

槐	 里 8.217	 里 8.15 14	 里 9.18 40							248
	 放・日 乙 255									
榮	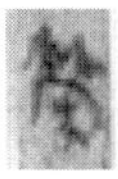 里 9.11 20									249
	 睡・日 甲 86 背									
榣	 睡・封 88	 睡・為 14	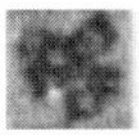 睡・日 甲 47	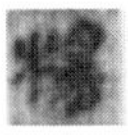 睡・日 甲 54	 睡・日 甲 56					253
	 放・日乙 303B+2 89B									
槀	 嶽二・ 數 75									254
	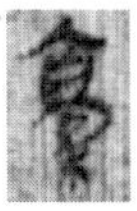 里 9.22 84									
	 周・315	 周・321								

輮	 里8.529背	 里8.1831	 里9.451	 里9.897	 里9.2176					255
	 嶽四·律壹259	 嶽四·律壹330								
	 睡·秦雜24	 睡·為42								
槍	 睡·為23									259
槃	 嶽四·律壹172									263
㮴	 里6.4	 里8.1510								270
圖	 里8.543									279
	 睡·為1	 睡·日甲94背								
賓	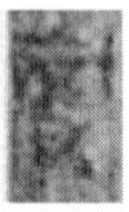 放·日乙224	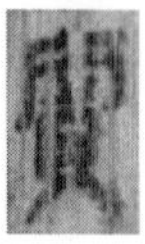 放·日乙250								283

	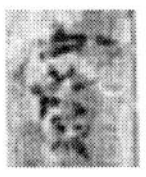 里 9.32 83									
鄙	 睡·為 5	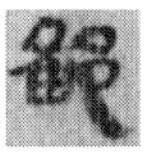 睡·為 9								286
鄲	 里 8.894									292
鄢	 里 8.807	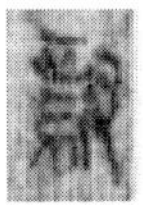 里 9.11 14								295
	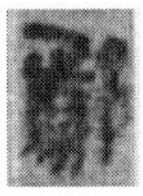 睡·葉 14	 睡·葉 19								
鄣	 嶽四·律壹 188									300
	 里 9.11 11	 里 9.11 12 背								
暨	 嶽三·芮 64									311
旗	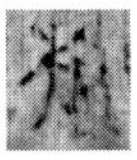 里 9.26 76									312
	 睡·日乙 93									

夢	 嶽一·占夢 6	 嶽一·占夢 3	 嶽一·占夢 42							318
	 睡·日乙 189	 睡·日甲 190	 睡·日甲 194							
	 龍·1									
齊	 里 8.1320	 里 8.1604	 里 9.1935							320
	 嶽一·為吏 83	 嶽五·律貳 14								
	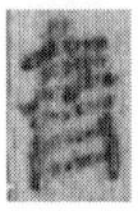 睡·封 66	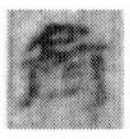 睡·日甲 33	 睡·日甲 43							
	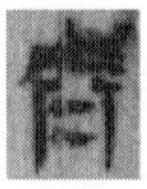 周·315	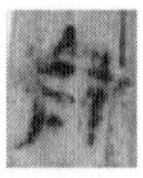 周·365								
牒	 里 8.175	 里 8.225	 里 8.235	 里 8.551	 里 8.1565					321

	 嶽三·同148	 嶽三·魏169	 嶽四·律壹140							
	 睡·秦種35									
種	 睡·秦種38	 睡·秦種39	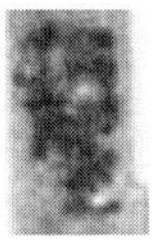 睡·日甲21							324
	 周·349	 周·350	 周·354							
稱	 睡·秦種55	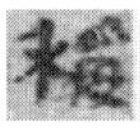 睡·秦種130								330
	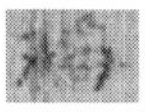 青·16									
粺	 睡·為22									334
精	 嶽一·為吏29	 嶽一·為吏44	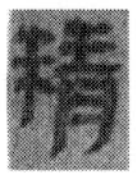 嶽三·同148							334
	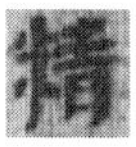 睡·為2	 睡·為45	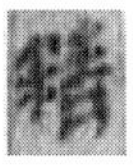 睡·日甲59	 睡·日乙166						
察	 睡·秦雜37									343

實	 里 5.19	 里 8.455	 里 8.837	 里 8.12 21						343
	 嶽一· 為吏 67	 嶽二· 數 217	 嶽三· 癸 10	 嶽四·律 壹 169	 嶽四·律 壹 348	 嶽五·律 貳 168	 嶽五·律 貳 254			
	 睡·秦 種 124	 睡·效 19	 睡·法 210	 睡·日 甲 4	 睡·日 乙 28	 睡·日 乙 31	 睡·日 乙 33	 睡·日 乙 234		
	 放·日 乙 18	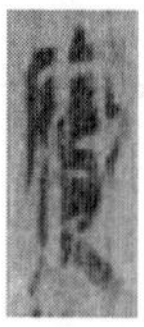 放·日 乙 337								
	 龍·156									
	 周·312	 周·336								
寡	 里 8.19	 里 8.12 36	 里 9.15	 里 9.86						344
	 嶽一· 為吏 75	 嶽一· 為吏 84	 嶽四·律 壹 136	 嶽五· 律貳 7						

	 睡・法 156	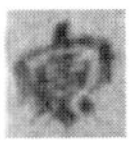 睡・日甲 39	 睡・日乙 99	 睡・日乙 242	 睡・日乙 255					
	 放・日乙 1									
窨	 放・日乙 353									347
瘇	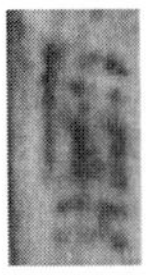 放・日乙 240									354
瘧	 周・376									354
幣	 嶽一・占夢 30									361
幕	 里 9.2301									362
債	 睡・封 84									384
偃	 里 8.1496	 里 8.1953								385

	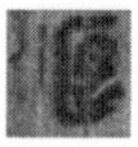 嶽三・得 173									
樊	 里 8.665	 里 8.665 背								387
望	 嶽一・為吏 80									391
	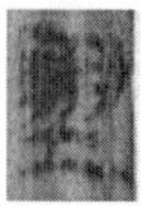 放・日乙 254	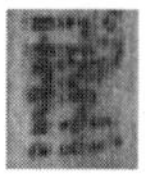 放・日乙 277								
聚	 里 8.1434	 里 9.44	 里 9.2289							391
	 嶽一・為吏 19									
	 睡・為 2	 睡・日乙 132								
	 放・日乙 4									
監	 嶽四・律壹 342	 嶽五・律貳 122	 嶽五・律貳 311							392

	 里 9.521	 里 9.913								
	 睡・法 151									
	 龍・144 A									
裹	 嶽二・數 137									400
	 睡・封 87	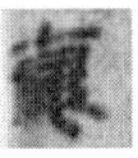 睡・日甲 68								
	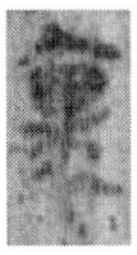 放・日乙 210	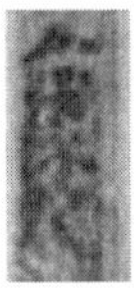 放・日乙 224								
壽	 里 8.1580									402
	 睡・日甲 107	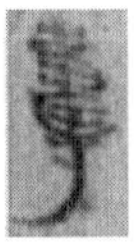 睡・日乙 73A+75								
	 嶽一・占夢 30									

	 放·日乙259+245									
	 周·148									
褚	 里9.272									401
兢	 放·日乙281									410
歌	 嶽一·占夢11									416
	 睡·日甲32	 睡·日甲91背	 睡·日甲138背	 睡·日乙132						
	 里9.845									
	 放·日乙7	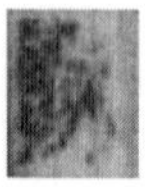 放·日乙244	 放·日乙309							
領	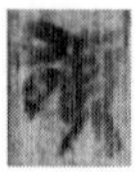 睡·封22									421

	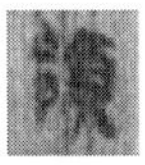 放·日乙121									
誘	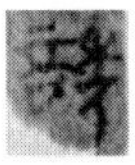 里5.5									441
	 嶽四·律壹102									
	 睡·秦種1									
廐	 里8.677									448
	 睡·秦雜29									
廏	 睡·秦種17									448
厭	 里8.755	 里8.757	 里9.228	 里9.609						452
	 嶽五·律貳95									
豪	 睡·為27									460

貍	 嶽四· 律壹 4									462
	 睡·法 121	 睡·日甲 114 背	 睡·日甲 126 背							
	 龍·34A									
	 周·327	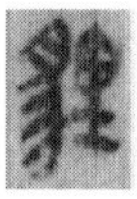 周·328								
駃	 睡·秦 雜 27									473
獄	 里 5.22	 里 8.135	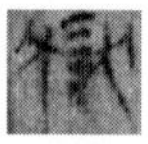 里 8.492	 里 8.18 86	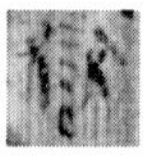 里 9.13 11	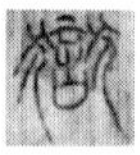 里 9.23 09	 里 9.33 13			482
	 嶽三· 癸 44	 嶽三· 癸 47	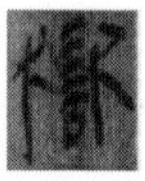 嶽三· 芮 64	 嶽三· 魏154	 嶽四· 律壹 50	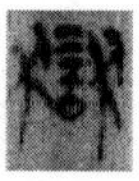 嶽四·律 壹 233	 嶽五· 律貳 23	 嶽五· 律貳 51		
	 睡·法 93	 睡·為 44								
	 放·日乙 360A+1 62B									
	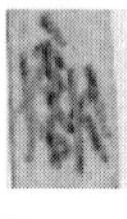 龍·204									

	 周・189	 周・191								
熊	 嶽一・占夢 39	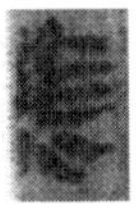 嶽三・魏158								484
熅	 周・374									489
	 周・332									
熙	 里 9.956	 里 9.1196								491
熒	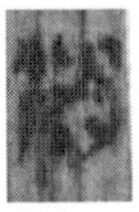 放・日乙 351									495
赫	 嶽一・占夢 19									496
	 里 9.1650	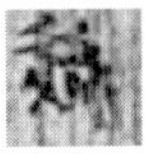 里 9.2289								
端	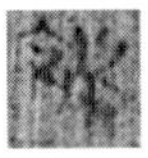 里 8.173 背	 里 8.894	 里 8.1066	 里 9.134	 里 9.228	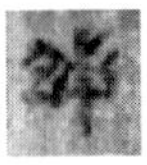 里 9.1415 背	 里 9.1447 背	 里 9.2646		504
	 嶽一・27 質 31	 嶽三・魏166								

	 睡·語 2	 睡·語 11	 睡·法 36	 睡·法 93						
	 周·323	 周(木)·1								
竭	 里 8.1275									505
愿	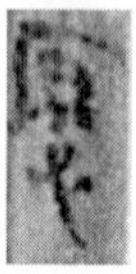 里 8.1554									508
漢	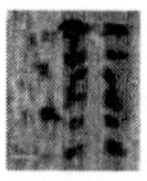 嶽五·律貳 45	 嶽五·律貳 83								527
	 里 9.21	 里 9.21 背								
漸	 嶽四·律壹 151									536
聞	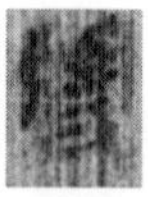 睡·封 62	 睡·日甲 148								598
縈	 里 9.363									558
漚	 里 9.982									563

漬	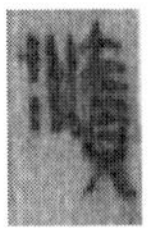 周・311	 周・315								563
	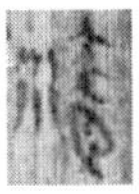 里 9.22 96									
潧	 睡・日甲 141 背									567
漕	 里 8.21 91 背									571
	 嶽五・律貳 130	 嶽五・律貳 146								
粼	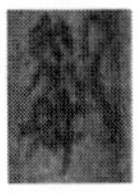 嶽四・律壹 177	 嶽四・律壹 357								574
	 睡・秦種 61	 睡・秦雜 10								
需	 里 8.13 61									580
漁	 嶽一・35 質 21 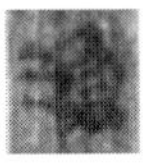 睡・日甲 138	 嶽二・數 189	 嶽三・癸 51	 嶽三・癸 52	 嶽三・芮 75					587

臺	 嶽三·善208									591
	 里9.2346									
聞	 里8.532	 里8.1363	 里9.2289	 里9.1884						598
	 嶽三·芮67	 嶽三·善208	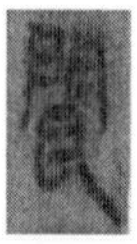 嶽三·學215	 嶽五·律貳59	 嶽五·律貳80					
	 睡·語5	 睡·法52								
	 放·日乙322	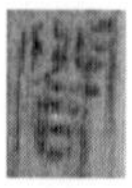 放·日乙334	 放·志4							
捧	 里8.167背	 里8.1848								601
	 嶽五·律貳142									
摻	 里8.2101									617

嫗	 嶽一·27質26									620
	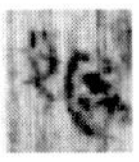 里9.768									
	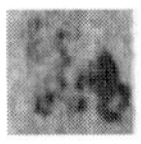 睡·葉27									
娶	 里8.918									631
匱	 里8.244									642
甄	 里9.18	 里9.564	 里9.1210							644
緒	 里9.2297									650
綺	 里8.1784	 里9.1852								654
練	 里8.34									655
綰	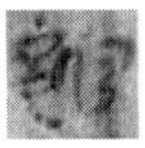 里8.674	 里9.2428	 里9.2966							656

	 嶽三・癸 24	 嶽三・綰 243								
	 睡・秦種 5									
綠	 放・日乙 228									656
綦	 嶽一・為吏 77									657
	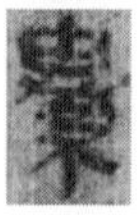 睡・封 78									
綬	 里 8.1169									660
綸	 睡・語 10									660
	 里 9.743									
綽	 里 8.145	 里 8.740 背	 里 8.787	 里 8.2099	 里 9.1869 背					669

蝕	 嶽一·為吏 58	 嶽三·得 183								676
	 睡·法 65									
墊	 睡·日甲 114 背									695
墓	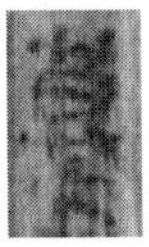 放·志 5									699
暘	 睡·秦種 1									704
銅	 里 8.2227	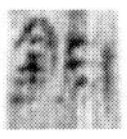 里 9.506	 里 9.739	 里 9.1146						709
	 嶽三·癸 48	 嶽三·癸 55								
	 睡·秦種 86									
衙	 里 8.28	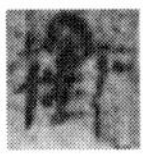 里 8.359	 里 8.1060	 里 8.1354	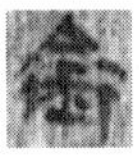 里 8.2030	 里 9.2344 背				720
	 嶽三·魏152									

	 放・日乙106									
輕	 嶽一・為吏68	 嶽二・數42	 嶽四・律壹45							728
	 睡・語11	 睡・秦雜8	 睡・法36	 睡・法93						
	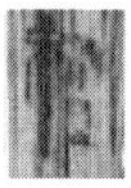 放・日乙297									
	 龍・172									
輒	 里8.101	 里9.2283								729
	 嶽四・律壹123	 嶽四・律壹138	 嶽四・律壹202	 嶽四・律壹212	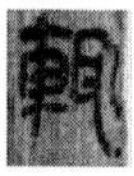 嶽五・律貳19	 嶽五・律貳48	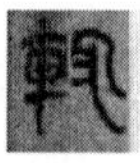 嶽五・律貳202			
	 睡・秦種10	 睡・秦種22	 睡・秦種117	 睡・封2						
	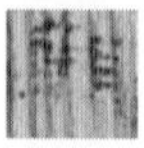 青・16									
	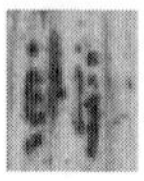 放・日乙66									

	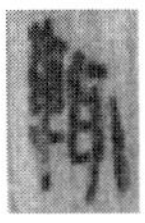 周·318									
輓	 嶽五·律貳146									737
	 龍·58									
障	 嶽一·為吏24									741
疑	 里8.340	 里8.997	 里9.1454							750
	 嶽三·癸28	 嶽三·多92	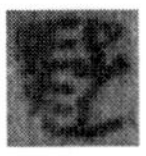 嶽三·譊140	 嶽四·律壹3						
	 睡·秦種172									
	 周·209	 周·222								
酸	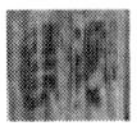 放·日乙354									758
鞞	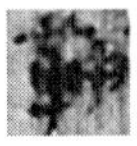 里8.95									

	 睡・法 179									
蓋	 里 8.190									
般	 里 8.181 背									
穀	 里 8.171 背									
瞀	 里 8.15 77									
鄣	 里 8.220									
麮	 里 8.260									
㥏	 里 5.9									
諴	 里 8.15 70									
鬾	 里 8.15 20									

⿰辛夆	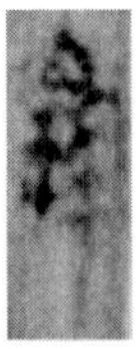 里8.980									
嫭	 里8.1710	 里8.2101	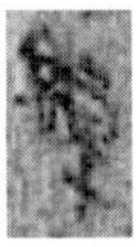 里9.2289	 里9.2562						
⿱竹侖	 嶽一・為吏67									
厰	 嶽一・為吏50									
賫	 嶽二・數16	 嶽二・數38								
⿰馬六	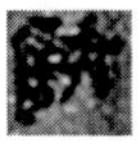 嶽二・數142									
⿰犭翏	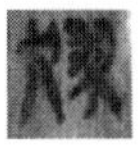 嶽三・綰242									
⿰禾昜	 睡・效42									
⿰金系	 里8.566									

⿰咅血	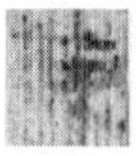 睡・封 87									
頃	 睡・為 11									
樗	 嶽四・律壹 84									
鋒	 嶽四・律壹 361									
墼	 放・日乙 281									
認	 放・日乙 252									
縠	 龍・34A									
捧	 周・347									
桊	 周・339									
戴	 周・337									

廔	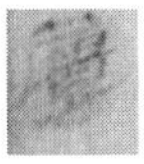 山·2									
厮	 嶽五·律貳290									
	 里9.17									
樓	 里9.818									
綰	 里9.2027									
趗	 里9.2130									
睾	 里9.2346									
歊	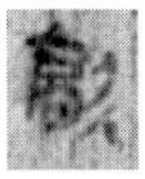 里9.3345									
魃	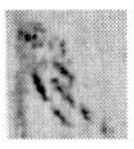 里9.713背	 里9.860背	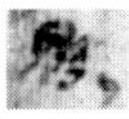 里9.1089							
	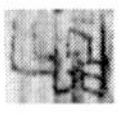 里9.475									

⿱业糸	 里 9.657									
⿸广學	 里 9.1126	 里 9.1618								
徵	 里 9.1448									
輚	 里 9.2149									
漆	 里 9.2346									
⿰扌桼	 睡・日甲 40									
郥	 睡・日甲 103									
牖	 睡・日甲 99 背									
⿸疒桼	 睡・日甲 77 背									
⿺辶害	 睡・日乙 21									

髽	 睡・日乙 22									
悥	 睡・日甲 131 背									
齗	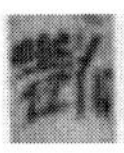 睡・日甲 85	 睡・日乙 85	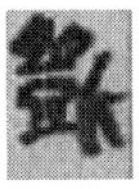 睡・日乙 198							

十五畫

	字例									頁碼
菌	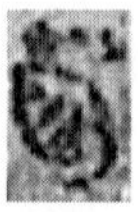 里8.15 31	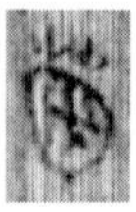 里9.557								30
	 嶽五·律貳149									
	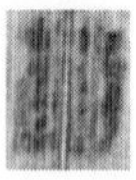 睡·封36									
瞋	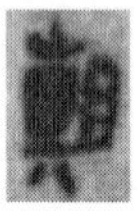 睡·語11									34
蔓	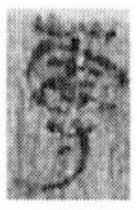 里8.765									36
蔽	 嶽四·律壹383									40
蔡	 里8.876	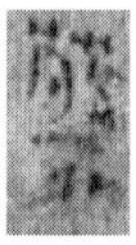 里9.14 19背	 里9.22 89							41
	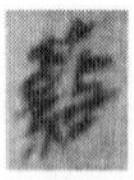 睡·葉33	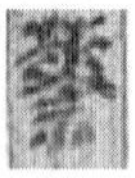 睡·日甲3	 睡·日甲92背	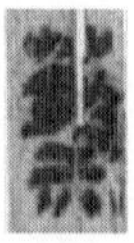 睡·日甲98背						
	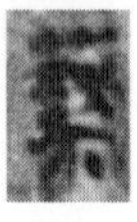 放·日甲40									

蔥	 睡·秦種179									45
	 放·日乙66									
	 周·316									
蓬	 里8.109	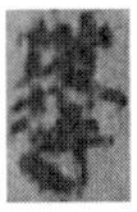 里8.386	 里8.1558	 里9.713						47
審	 里8.140	 里8.547	 里8.997							50
	 嶽一·為吏30	 嶽一·為吏32	 嶽一·為吏81	 嶽三·尸42	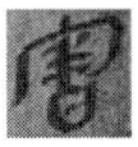 嶽三·多92	 嶽五·律貳184				
	 睡·秦種124	 睡·效50	 睡·為4							
	 放·日乙144									
噴	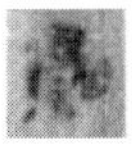 睡·日甲113背									60

趣	 睡·法									64
	 里9.436									
歷	 嶽一·為吏77									68
適	 里8.50	 里8.68	 里8.885	 里8.1223	 里8.1468	 里8.1029	 里9.23	 里9.887	 里9.1569	71
	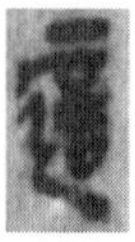 睡·秦種151	 睡·法51								
	 嶽五·律貳276									
遷	 里5.35	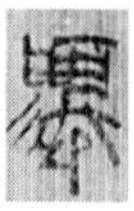 里6.2	 里8.60	 里8.63	 里8.181	 里8.188	 里8.189	 里8.507	 里8.589	72
	 里8.1826	 里8.1553	 里9.2背	 里9.8背	 里9.332	 里9.605				
邀	 里8.1642	 里9.1801	 里9.2	 里9.5	 里9.8	 里9.9背	 里9.11			72

遮	 睡・日甲 8									75
德	 里 8.1066	 里 8.1569	 里 9.822	 里 9.1721						76
	 嶽四・律壹 84									
	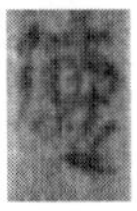 放・日乙 275									
徸	 里 8.2102									77
衝	 嶽一・為吏 78	 嶽一・為吏 84	 嶽三・癸 13	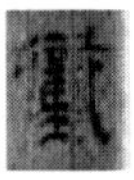 嶽五・律貳 293						78
衛	 嶽五・律貳 69									79
	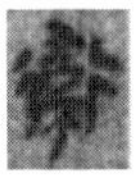 睡・秦種 196	 睡・日甲 85 背								
	 里 9.32									

齒	 里8.892	 里9.29	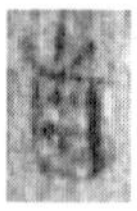 里9.2143							79
	 嶽四·律壹127									
	 睡·法89	 睡·為17	 睡·日乙255							
	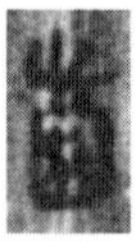 放·日甲24	 放·日乙57								
	 周·326	 周·332								
踐	 里8.651	 里9.2283								83
	  嶽四·律壹17	 嶽四·律壹290								
	 睡·封68									
	 周·337									

諒	 嶽三·田 194	 嶽三·田 202								90
	 睡·封 1									
請	 里 8.200	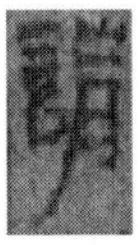 里 8.536	 里 8.855							90
	 嶽一·為吏 77	 嶽三·癸 15	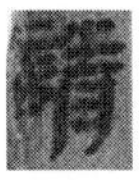 嶽三·魏160	 嶽四·律壹 54	 嶽五·律貳 13	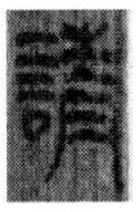 嶽五·律貳 53	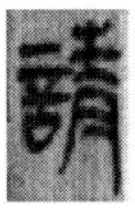 嶽五·律貳 86	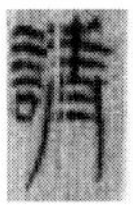 嶽五·律貳 118	 嶽五·律貳 13	
	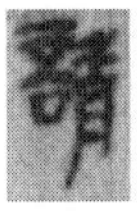 睡·秦種 188	 睡·為 13	 睡·日甲 91							
	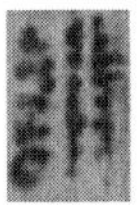 放·日乙 42A+39	 放·日乙 284								
	 龍·8	 龍·22								
	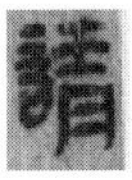 周·189	 周·203	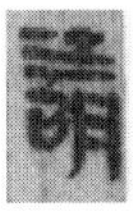 周·217							
談	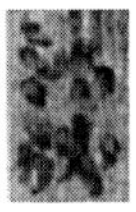 里 8.2215	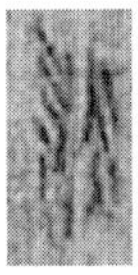 里 9.2289								90

諸	 里8.130									90
	 嶽四·律壹135	 嶽四·律壹151	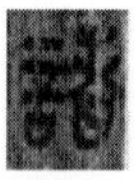 嶽五·律貳78							
	 龍·27	 龍·28	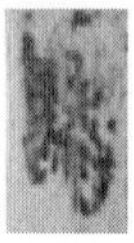 龍·31	 龍·103						
論	 里8.164	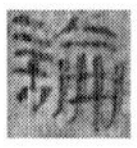 里8.665	 里8.775	 里8.777	 里8.1125	 里9.1171				92
	 嶽三·癸24	 嶽三·芮64	 嶽三·魏166	 嶽四·律壹55	 嶽五·律貳31					
	 睡·秦種124	 睡·秦種167	 睡·秦種183	 睡·效35	 睡·效45					
	 放·志2									
	 龍·21	 龍·117	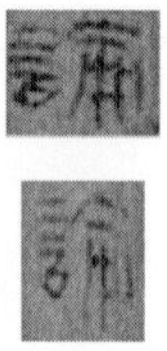 龍(木)·13							
	 周·53									

課	 里 6.16	 里 8.137	 里 8.479	 里 8.482	 里 9.1177					93
	 嶽一・為吏 87	 嶽四・律壹 55	 嶽四・律壹 351	 嶽五・律貳 49						
	 睡・語 8	 睡・秦種 19	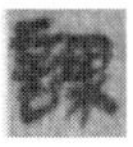 睡・秦雜 10							
調	 嶽四・律壹 310									94
諆	 嶽五・律貳 326									100
誶	 嶽四・律壹 12	 嶽四・律壹 56								101
	 睡・秦種 115	 睡・效 8	 睡・效 12	 睡・法 152						
	 龍・192									
誰	 嶽四・律壹 143									101

	 里9.2793背									
	 睡・葉53									
臧	 里8.197背	 里8.1146	 里8.977	 里8.1721						119
	 嶽一・為吏82	 嶽一・占夢3	 嶽三・癸30	 嶽三・芮86	 嶽三・魏166					
	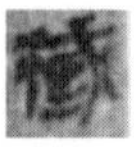 睡・秦種197	 睡・效42								
毆	 嶽三・癸52	 嶽四・律壹13	 嶽五・律貳203							120
徹	 里8.1162	 里8.1579								123
	 嶽二・數64									
數	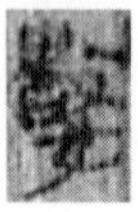 里5.18	 里8.67	 里8.154	 里8.1067						124

	 嶽一・為吏 19	 嶽二・數 33	 嶽二・數 193	 嶽四・律壹 19	 嶽五・律貳 59	 嶽五・律貳 60				
	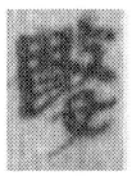 睡・秦種 10	 睡・秦種 167	 睡・為 13	 睡・為 25	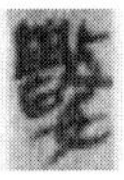 睡・日乙 107					
	 放・日乙 321	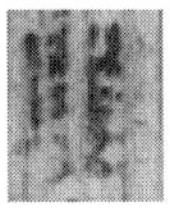 放・日乙 365+292								
	 龍・39									
	 周・330									
敵	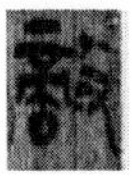 嶽五・律貳 31									125
罠	 放・日甲 32A+30B	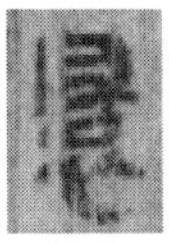 放・日乙 68								133
魯	 里 8.258	 里 9.1881								138
奭	 里 9.2926									139

翦	 里9.250									140
羭	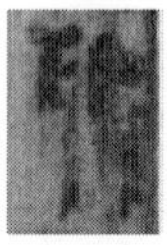 放・日乙254									147
鴈	 里8.410	 里8.444								154
殤	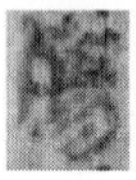 放・日乙350									164
	 睡・日甲117背									
膚	 睡・秦雜29									169
膠	 嶽五・律貳17									179
	 睡・秦種128	 睡・秦種130								
劈	 睡・日甲25									182

劍	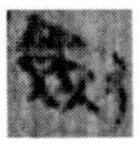 里8.519	 里9.94	 里9.3034							185
	 嶽四·律壹242									
	 睡·封27	 睡·封32	 睡·日甲132背	 睡·日甲148						
	 周·323									
耦	 睡·日甲9									186
箭	 里8.454									191
箬	 嶽一·35質4									191
篇	 嶽五·律貳99									192
箴	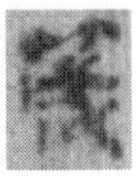 睡·秦種110									198
箾	 睡·秦種132									198

篚	 睡·日甲117背									198
養	 里8.145	 里8.756	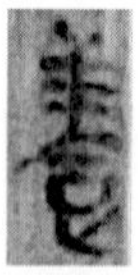 里8.773	 里8.1560	 里9.1134					222
	 嶽三·癸53	 嶽四·律壹30	 嶽四·律壹263							
	 睡·語6	 睡·秦種72	  睡·法195	 睡·為27						
餔	 里8.728背	 里8.2213	 里9.1919							223
	 睡·日甲135									
餘	 里8.151	 里8.1579	 里9.1	 里9.3	 里9.20	 里9.34	 里9.1164	 里9.2162		224
	 嶽二·數67	 嶽三·癸57	 嶽三·芮67	 嶽五·律貳60						

	 睡·秦種57	 睡·秦種172	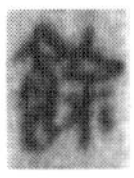 睡·效31							
	 放·日乙172									
	 周·309									
餓	 睡·日甲105背									225
憂	 嶽一·為吏31	 嶽一·占夢12	 嶽一·占夢14	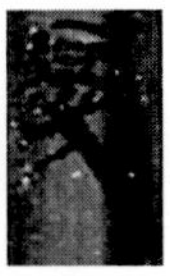 嶽一·占夢42	 嶽三·同142					235
	 里9.3356									
	 睡·為40	 睡·日甲112背	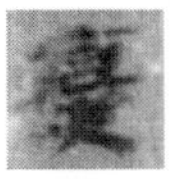 睡·日甲113背							
	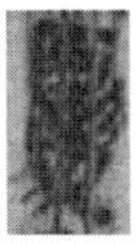 放·日乙128	 放·日乙290	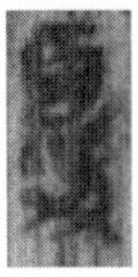 放·日乙360A+162B							
	 周·191	 周·205	 周·220	 周·233						

磔	 嶽三・同147	 嶽三・魏166								240
樓	 里8.875									258
	 睡・為22									
樂	 里8.925	 里8.1286	 里8.2026							267
	 嶽一・為吏30	 嶽三・癸18	 嶽三・猩55	 嶽四・律壹84	 嶽五・律貳13					
	 睡・為40	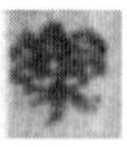 睡・日甲42	 睡・日甲135背	 睡・日乙132						
	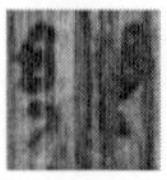 放・日乙309									
	 周・378									
槧	 里9.2289									268
橋	 里8.519									269

	 嶽一·為吏 74	 嶽四·律壹 152								
	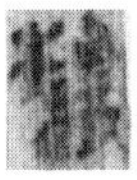 睡·封 37	 睡·為 14	 睡·為 21							
	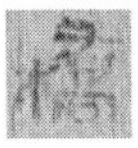 青·16									
槥	 里 8.648	 里 8.1394	 里 9.589	 里 9.2078	 里 9.2661					273
	 嶽四·律壹 365	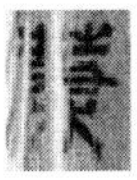 嶽五·律貳 131								
賣	 里 8.102	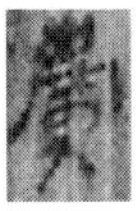 里 8.490	 里 8.771	 里 9.1973						275
	 嶽四·律壹 200	 嶽四·律壹 205	 嶽五·律貳 39	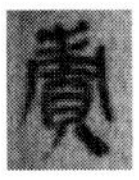 嶽五·律貳 146						
稽	 睡·為 5 伍									278
	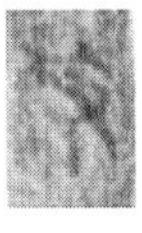 里 9.39									

貢	 里 9.23 01									282
賀	 里 9.18	 里 9.564	 里 9.692							282
賢	 里 9.588	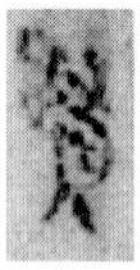 里 9.27 08								282
	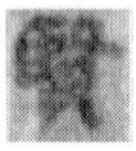 睡・日 甲 32									
賜	 里 8.624	 里 8.12 22	 里 8.17 86	 里 8.22 03	 里 9.20 25					283
	 嶽一・ 占夢 23	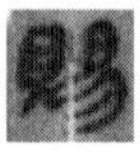 嶽三・ 得 175	 嶽四・律 壹 379							
	 睡・秦 種 13	 睡・秦 種 14	 睡・秦 種 153	 睡・為 26	 睡・日 乙 195					
	 放・日 甲 16	 放・日 乙 16								
	 龍・166									

	 周・53	 周・195								
賞	 里 8.1883	 里 8.2095								283
	 嶽一・為吏 77	 嶽二・數 202	 嶽三・芮 83	 嶽四・律壹 114	 嶽四・律壹 339	 嶽五・律貳 190				
	 睡・秦種 83	 睡・效 34	 睡・法 52	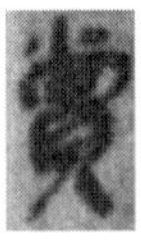 睡・封 38	 睡・為 12	 睡・日甲 15 背	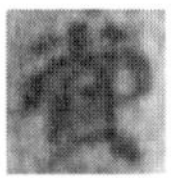 睡・日甲 143			
	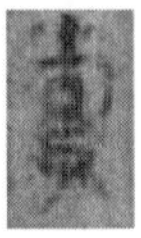 放・日乙 164									
	 龍・146									
	 周・195									
質	 里 8.522	 里 8.1499 背								284

	 嶽一·27質1	 嶽一·34質1背	 嶽一·為吏8	 嶽四·律壹200	 嶽四·律壹205					
	 睡·法149									
	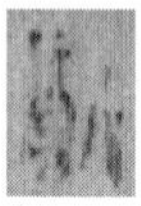 放·日甲66	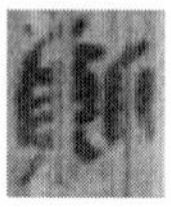 放·日乙165								
	 龍·48									
賦	 里8.104	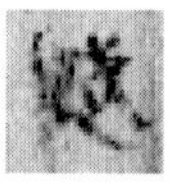 里9.31	 里9.412	 里9.1302	 里9.1360					284
	 嶽一·為吏59	 嶽四·律壹118	 嶽五·律貳39	 嶽五·律貳40						
	 睡·秦種111	 睡·秦雜22	 睡·法165							
	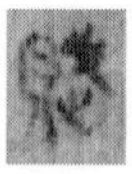 周(木)·1背									
賤	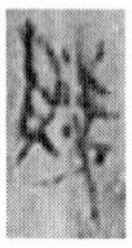 里8.100.1									284

	 嶽一·占夢35	 嶽三·芮76	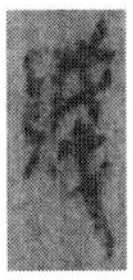 嶽三·學222							
	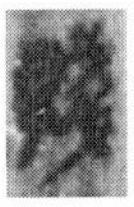 睡·秦種121	 睡·法153	 睡·為2	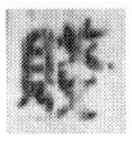 睡·為18	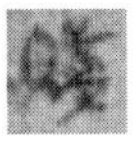 睡·日甲116	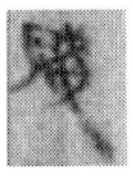 睡·日乙73A+75	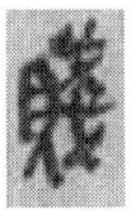 睡·日乙237			
	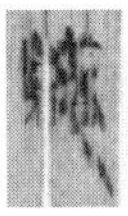 放·日甲35	 放·日乙247B								
鄰	 嶽一·為吏62									286
	 睡·法98	 睡·日乙21								
鄭	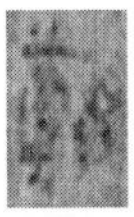 里8.376	 里8.850	 里9.918	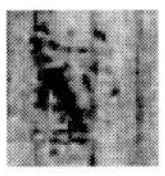 里9.1893	 里9.1893背					289
	 嶽一·35質25	 嶽四·律壹330								
	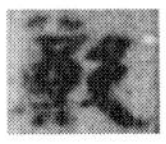 睡·封34	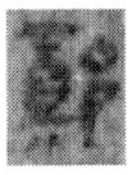 睡·日甲86背								
	 放·日乙181									

鄲	 里 9.2076									292
鄧	 里 8.136	 里 9.2076								294
	 嶽一·35 質 5									
	 睡·葉 27									
暴	 里 8.1221	 里 8.1243	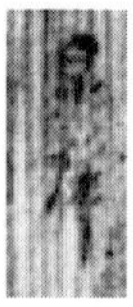 里 9.2346							310
	 嶽一·為吏 50									
	 睡·秦種 2									
牖	 睡·日甲 24 背	 睡·日甲 149 背								321

稼	 嶽一・為吏 11	 嶽一・為吏 63	 嶽五・律貳 7							323
	 里 8.776	 里 8.2316	 里 9.700	 里 9.2952						
	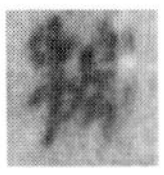 睡・秦種 120									
	 龍・147									
稃	 里 8.2210	 里 9.3162								324
稷	 嶽二・數 104									324
	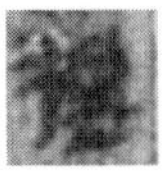 睡・日甲 18	 睡・日乙 65								
	 放・日乙 289A									
稻	 里 8.7	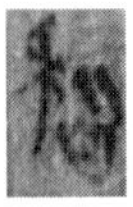 里 8.211	 里 8.275	 里 9.74						325
	 嶽二・數 101									

	 睡・秦種 35	 睡・日甲 16 背								
	 放・日乙 164									
稾	 里 8.1483	 里 9.743								329
	 嶽二・數 108	 嶽四・律壹 111								
	 睡・秦種 10	 睡・秦種 28	 睡・秦種 181	 睡・效 37	 睡・為 32	 睡・日甲 91 背				
	 放・日乙 72									
	 周・315									
穀	 嶽一・為吏 63									329
	 睡・日乙 65	 睡・日乙 241	 睡・日乙 242							

	 里9.824									
	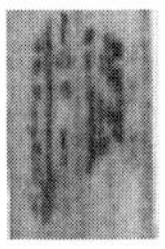 放・日乙381									
粺	 嶽二・數94									334
	 睡・秦種43	 睡・秦種179	 睡・秦種181							
寬	 嶽一・為吏54									344
	 里9.2289									
	 睡·為3	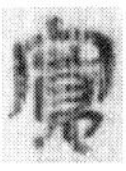 睡・為12								
寫	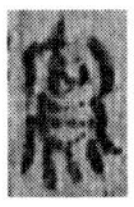 里8.21	 里8.166背	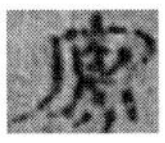 里8.197	 里8.477	 里8.796	 里8.1219	 里9.1	 里9.4	 里9.7	344
	 里9.9	 里9.472	 里9.3324							

	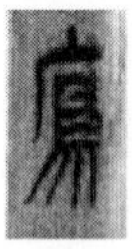 嶽五·律貳 186									
	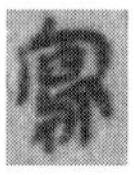 睡·秦種 186									
	 龍·177									
窯	 里 8.2030	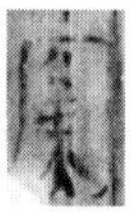 里 8.2040	 里 9.1394							347
賓	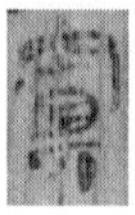 放·日甲 71	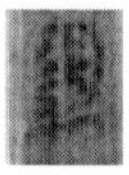 放·日乙 275								349
窮	 里 8.970									350
	 嶽五·律貳 19	 嶽五·律貳 299								
	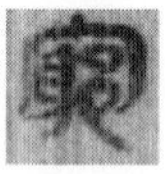 睡·為 2	 睡·日甲 145 背								
瘢	 睡·封 60									355

罷	 里 8.1977	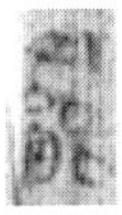 里 9.358	 里 9.1120							360
	 嶽四·律壹 319	 嶽五·律貳 141								
觲	 里 8.533									364
儋	 里 8.145	 里 9.1	 里 9.4	 里 9.6	 里 9.8	 里 9.2289				375
儉	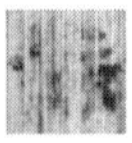 睡・封 27									380
徵	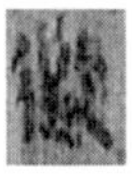 里 8.657	 里 8.1441 背	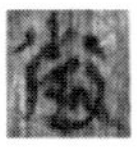 里 8.2027	 里 9.706	 里 9.732					391
	 嶽一・為吏 22	 嶽四·律壹 230								
	 睡・秦種 115	 睡・為 20								
	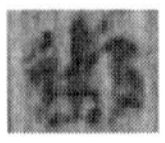 放・日乙 179	 放・日乙 176								
監	 里 8.270	 里 8.668	 里 8.814	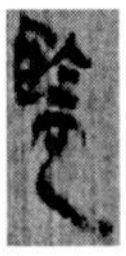 里 8.917	 里 8.1032					392

	 嶽一·34質5	 嶽一·34質44	 嶽一·為吏63	 嶽三·癸14						
	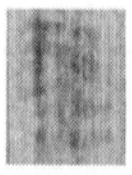 睡·秦種145									
裦	 睡·封22									396
禔	 里9.6	 里9.7								397
複	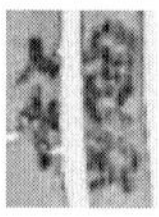 睡·日甲46背									397
褐	 睡·秦種91									401
履	 里8.143背	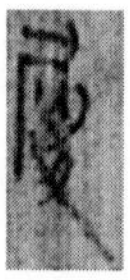 里8.310	 里9.186	 里9.1245						407
	 嶽三·魏152	 嶽四·律壹242								
	 睡·封59	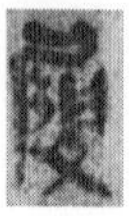 睡·封78								

歐	 里8.209	 里8.210	 里8.15 84	 里9.845						416
	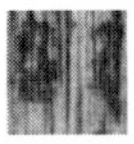 放·日乙309									
歙	 里8.12 90	 里8.13 97	 里8.19 76							418
	 嶽一·為吏22	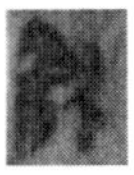 嶽三·讞138	 嶽四·律壹379	 嶽五·律貳146						
	 周·311	 周·312	 周·373							
	 睡·日甲32	 睡·日甲46背	 睡·日甲154背	 睡·日乙132						
頡	 里8.529背									424
髮	 里8.534	 里8.537	 里8.10 03	 里9.259						430
	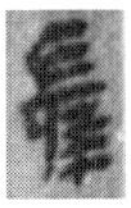 睡·秦雜20	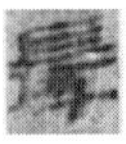 睡·法84	 睡·封86	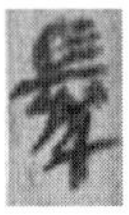 睡·日甲107背	 睡·日乙194					

	 放・日甲41									
廚	 嶽四・律壹166									448
	 里9.1	 里9.4	 里9.5	 里9.1128						
廡	 里8.519	 里8.780	 里9.18	 里9.564	 里9.1732					448
	 嶽一・為吏26	 嶽一・為吏59								
	 睡・日甲146背									
	 放・日甲36	 放・日乙119								
廣	 里8.455	 里9.12	 里9.94							448
	 嶽二・數64	 嶽二・數178	 嶽二・數184	 嶽五・律貳115						

	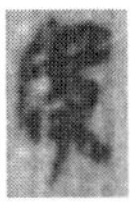 睡・秦種 98	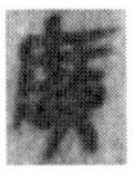 睡・封 57								
	 青・16									
	 放・日乙 32A+30B	 放・日乙 229								
廢	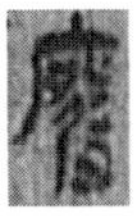 里 8.178									450
	 嶽四・律壹 217	 嶽五・律貳 36	 嶽五・律貳 53	 嶽五・律貳 54	 嶽五・律貳 256					
廟	 里 8.138	 里 8.145	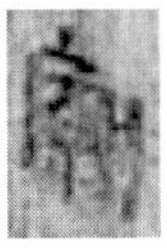 里 9.2289							450
	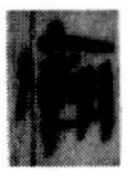 嶽四・律壹 321									
	 龍・121									
厲	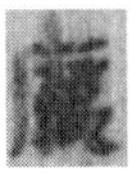 睡・封 54									451

豬	 里8.461	 里8.950								454
	 嶽三·芮84									
	 睡·秦種63	 睡·法50	 睡·日甲147背	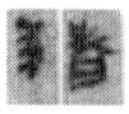 睡·日乙73A+75						
駒	 龍·113									465
	 睡·日乙42									
駕	 里8.149	 里9.1594								469
	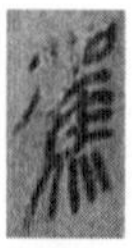 嶽三·芮66	 嶽三·芮79	 嶽四·律壹235	 嶽五·律貳127						
	 睡·秦種47	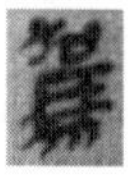 睡·秦雜3	 睡·法163							
	 放·日乙335									
	 龍·42A	 龍·44								

駟	 嶽二·數 139	 嶽四·律壹 258	 嶽五·律貳 261							470
	 里 9.20									
	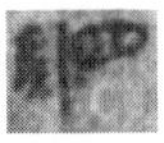 睡·秦種 134	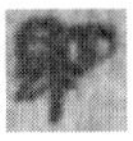 睡·秦種 179	 睡·日乙 194							
駔	 里 8.76									472
麃	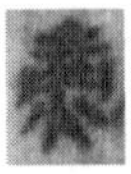 睡·語 12									475
	 龍·33A									
獎	 里 8.1520	 里 9.2049								478
熱	 里 8.1620									490
	 睡·日甲 101 背	 睡·日乙 20A+19B+20B								

	 嶽五·律貳52									
慮	 睡·為21	 睡·為43								506
	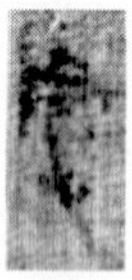 里9.405									
	 放·日乙296									
愨	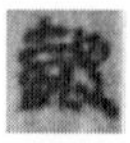 睡·語9									507
慧	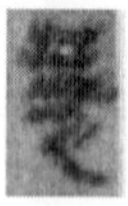 睡·日甲85背									508
慶	 里8.78	 里8.138背	 里8.163	 里8.522背	 里9.1背	 里 9.10背	 里9.1415			509
	 睡·日乙60									
	 嶽三·綰243	 嶽五·律貳53								

潼	 里 8.71	 里 8.14 45								522
潰	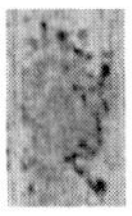 里 9.28 37									556
瀆	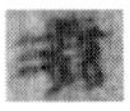 睡·日甲 105 背									557
潦	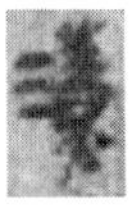 睡·秦種 2									562
	 里 9.13 33									
震	 睡·日甲 160 背									577
潛	 里 9.18 87									561
澍	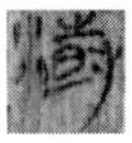 里 8.682									562
	 嶽四·律壹 367									
	 睡·日甲 124									

潘	 嶽三・癸 8	 嶽三・癸 18								566
霄	 放・日乙 259+245									578
閭	 放・日乙 190									593
閬	 里 8.931	 里 8.2191 背	 里 9.552	 里 9.2314 背						594
	 嶽三・尸 33									
	 睡・語 12									
	 周・354									
閼	 睡・葉 38									595
閱	 里 8.269									596

	 睡・法 164	 睡・為 22	 嶽四·律 壹 240							
	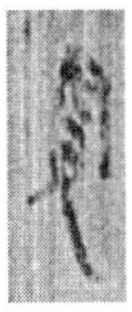 龍・151	 龍・181								
摯	 睡・秦 雜 9	 睡・日 甲 17								603
	 里 9.960									
	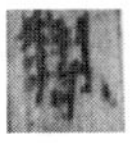 放・日 甲 1	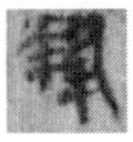 放・日 甲 5	 放・日 甲 8	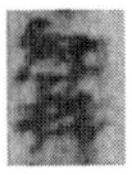 放・日 乙 3						
撫	 嶽五・ 律貳 56									607
撓	 嶽三・ 芮 81									607
撟	 嶽一・ 為吏 5	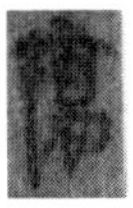 嶽三・ 學 226	 嶽三・ 學 234							610
	 睡·日甲 107 背									

	 周・344									
婁	 嶽四・律壹121									623
嬈	 里8.145	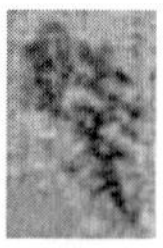 里9.2289								631
戮	 放・日乙272									637
緯	 里9.1164	 里9.2041								651
緹	 睡・封21									657
緣	 8.145	 里9.783	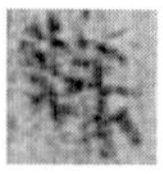 里9.2289							661
	 嶽一・占夢6									
	 睡・封82	 睡・封83								
	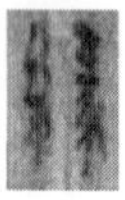 放・日乙209									

緎	 里 8.913	 里 9.14	 里 9.2137	 里 9.2422							664
編	 嶽五·律貳 114										664
緼	 里 9.2137										668
緡	 睡·秦種 110										665
	 嶽四·律壹 301	 嶽四·律壹 302	 嶽五·律貳 316								
紨	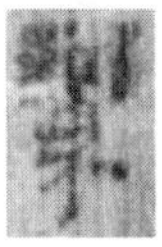 睡·秦種 75										668
緩	 里 8.1641										669
	 睡·為 43										
蝒	 里 9.798										673
蝠	 周·321										680

墨	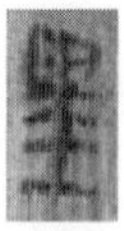 放·志4									694
	 睡·日甲12背									
增	 里8.1583	 里8.1839								696
	 睡·秦種24	 睡·秦雜41								
	 放·日乙281									
堇	 里8.837									700
勳	 里8.1514	 里9.2768								707
	 周·215									
鋈	 睡·法110	 睡·法113	 睡·封47							709

銷	 里8.453									710
	 嶽一·35質3	 嶽一·35質42								
	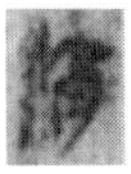 睡·秦種15									
	 周·364									
鋪	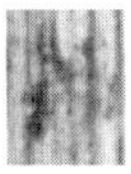 里9.1864									720
斲	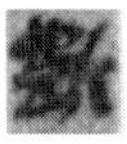 睡·法66									724
	 嶽二·數213									
	 周·188	 周·190	 周·192	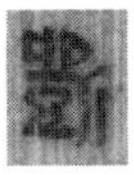 周·198						
輬	 里8.175									728
輪	 里8.95									731

	 嶽五・律貳34									
	 睡・秦種89									
範	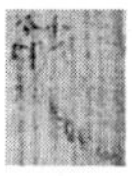 里6.1背									734
輗	 里8.66									736
隤	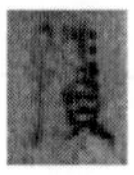 嶽五・律貳278									739
墮	 嶽一・為吏84									740
辤	 里8.25	 里8.93	 里8.209	 里8.246	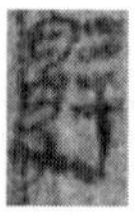 里8.378	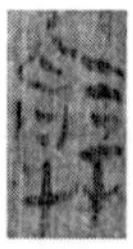 里8.691	 里8.1008	 里9.1410		749
	 嶽三・魏166	 嶽三・得187								
醇	 里8.1221									755
	 周・323									

醉	 嶽一．占夢 1									757
朢	 里 8.67	 里 8.2153								
⿰女曾	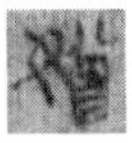 里 8.550									
樛	 里 8.135	 里 8.1943	 里 9.35	 里 9.986						
圜	 里 8.1680									
⿱艹⿰礻彡	 里 8.1664									
⿰亻⿱亠⿱日木	 里 8.839	 里 8.1031	 里．里 9.363							
儌	 里 8.831									
駠	 里 8.780	 里 8.1146								
⿱髟王	 里 8.1620									

駋	 里 8.1450									
⿰臣欠	 里 8.1298	 里 8.1764								
劇	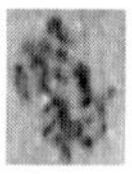 里 8.2089									
箾	 里 8.1913									
⿰粦丮	 里 8.1047	 里 8.1262	 里 9.2467							
⿰犭角	 里 8.969									
絜	 嶽一・為吏 15									
⿱⿰丰丮虫	 嶽一・占夢 19									
⿰目鬼	 嶽一・占夢 40									

潰	 里 8.13 69									
隧	 嶽一· 為吏 59									
熟	 睡·秦 種 35									
墼	 睡·法 101	 睡·日 甲 144	 睡·日甲 115 背	 睡·為 28						
壍	 睡·為 33									
聝	 嶽四·律 壹 362									
槫	 嶽四· 律壹 25									
	 里 9.22 61									
潔	 嶽四·律 壹 321									

	 里9.169									
駝	 嶽四·律壹152									
[illegible]	 放·日甲73	 放·日乙65								
[illegible]	 周·371									
畾	 放·日乙346									
歐	 龍·23	 龍·119								
	 睡·日甲10背									
[illegible]	 周·333									
瞀	 周·368									
筭	 嶽五·律貳295									

攄	 里 9.2203									
袌	 里 9.1887									
糕	 里 9.66									
[illegible]	 里 9.2346									
輪	 里 9.1625									
辳	 里 9.2518									
劇	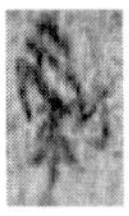 里 9.2289									
埶	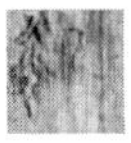 里 9.2312									
需	 里 9.1903									
濂	 里 9.782									

禖	 睡・日甲11背									
隫	 睡・日甲78背									

十六畫

	字例									頁碼
蕭	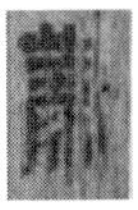 放・日乙334									35
蓄	 睡・秦種127									47
機	 里6.25	 里9.69								64
機	 龍・103									64
隨	 睡・語10									71
遺	 里8.647	 里8.1799	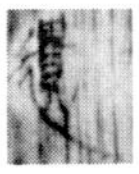 里9.1850背							74
遺	 嶽一・為吏76	 嶽五・律貳42	 嶽五・律貳248							74
遺	 睡・秦種21	 睡・秦種169	 睡・效28	 睡・法129	 睡・為34	 睡・為49				74
遺	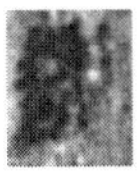 放・日甲23	 放・日乙274								74

	 龍・125	 龍・148								
	 周・364									
徼	 里 8.1529									76
	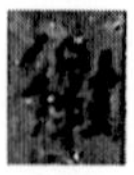 嶽一・為吏 14	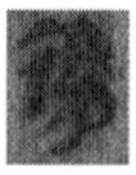 嶽三・魏155	 嶽四・律壹 103	 嶽四・律壹 178	 嶽五・律貳 170	 嶽五・律貳 176				
	 睡・法 48									
	 龍・66									
衞	 嶽五・律貳 86									79
器	 里 8.435	 里 8.584	 里 8.893	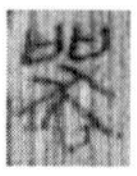 里 9.1115						87
	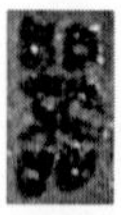 嶽一・為吏 10	 嶽一・占夢 26	 嶽三・癸 54							
	 睡・秦種 104	 睡・秦種 105	 睡・效 40	 睡・效 43	 睡・法 170	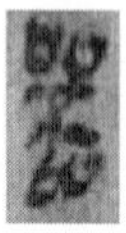 睡・日甲 93 背	 睡・日甲 96 背			

	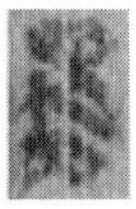 放·日乙303B+289B									
謁	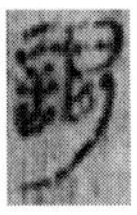 里 8.55	 里 8.63	 里 8.164	 里 8.477	 里 9.1	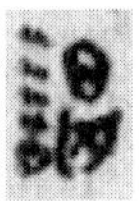 里 9.9				90
	 嶽一·345	 嶽三·同 149	 嶽四·律壹 140	 嶽四·律壹 207						
	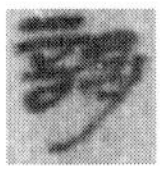 睡·秦種 16	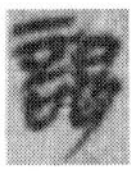 睡·秦種 87	 睡·秦種 105	 睡·效 34	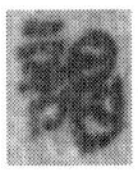 睡·秦雜 24	 睡·封 50				
	 放·日甲 58	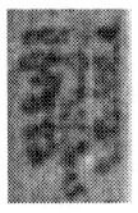 放·日乙 257	 放·志 1							
	 龍·220									
	 周·189	 周·203	 周·229	 周·231	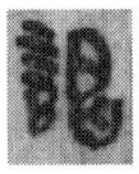 周·250					
謂	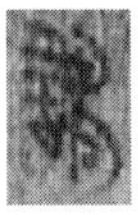 里 8.456	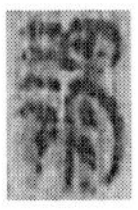 里 8.755	 里 8.2159	 里 9.5 背						90
	 嶽三·癸 52	 嶽三·芮 70	 嶽三·田 199	 嶽五·律貳 1	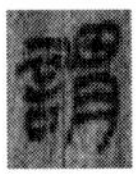 嶽五·律貳 105	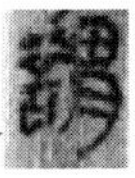 嶽五·律貳 243				

	 睡·語 1	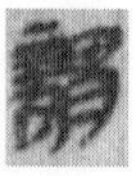 睡 · 法 51	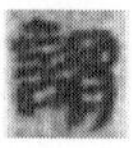 睡 · 日甲 104							
	 放·日乙 91A+93 B+92	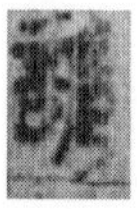 放 · 日乙 283	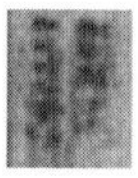 放 · 日乙 318							
	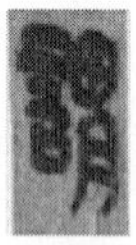 周 · 132	 周 · 328								
諭	 嶽四 · 律壹 40									91
謀	 里 8.23 64	 里 9.719	 里 9.20 98							92
	 嶽三 · 癸 53	 嶽三 · 癸 54	 嶽三 · 芮 69							
	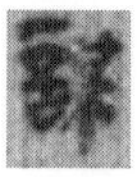 睡 · 秦種 181	 睡 · 法 12	 睡 · 為 34	 睡 · 日乙 46						
	 放 · 日甲 21	 放 · 日乙 21								
	 周 · 142									

諶	 里 9.19 45									93
諈	 睡・日甲 85 背									94
諰	 睡·為 8									95
諯	 里 8.648	 里 8.13 49								100
諜	 里 8.13 86									102
	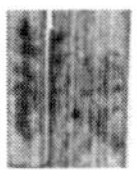 睡・封 92									
與	 嶽一・為吏 86	 嶽一・為吏 65	 嶽三・癸 14	 嶽四·律壹 249						106
	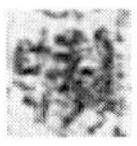 里 9.22 83									
	 睡・秦種 115	 睡・秦種 117	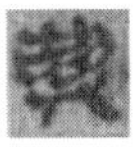 睡・秦雜 1	 睡・為 21	 睡·日甲 157 背	 睡・日乙 119				
	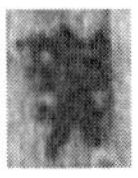 放・日乙 94									

	 周・301									
慮	 睡・日甲67	 睡・日甲111								112
豎	 里8.1008									119
	 周・19									
整	 放・日乙352									124
學	 里8.1451	 里9.2289								128
	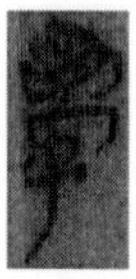 嶽三・學225	 嶽四・律壹84	 嶽四・律壹85	 嶽五・律貳41						
	 睡・秦種111	 睡・秦種112	 睡・秦種191	 睡・日乙14						
瞗	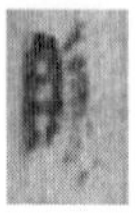 放・日乙144									134

翰	 里 8.1259	 里 8.1662	 里 9.31	 里 9.125	 里 9.1380					139
闌	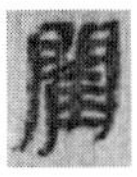 睡・為 23	 睡・日甲 2								142
奮	 睡・日甲 135 背									145
曹	 睡・日甲 127 背	 睡・日甲 154 背								146
雔	 嶽四・律壹 113									149
辦	 嶽五・律貳 95	 嶽五・律貳 188								182
辨	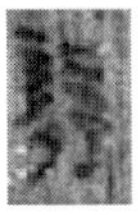 里 5.1	 里 8.682	 里 8.1978	 里 9.62	 里 9.800 背	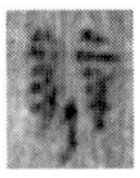 里 9.1396				182
	 睡・語 10	 睡・秦種 84	 睡・日甲 86 背							
	 龍・11	 龍・197								

剫	 睡・封43									184
衡	 里8.1234	 里9.43	 里9.1922							188
	 嶽四・律壹171									
	 睡・秦種100	 睡・秦種194	 睡・效7	 睡・法146	 睡・日甲8背	 睡・日甲150背				
鬵	 嶽四・律壹192	 嶽四・律壹266								190
	 睡・秦種87	 睡・秦種183								
憙	 里8.67背									207
	 放・日甲31	 放・日乙67	 放・日乙80							
	 睡・日乙202	 睡・日乙208								

盧	 里 8.769	 里 9.2733 背								214
	 嶽一·為吏 82									
靜	 里 5.1	 里 8.1356	 里 9.2940							218
	 睡·為 6									
館	 嶽五·律貳 212									224
廩	 嶽四·律壹 340									232
橘	 里 9.869									241
櫝	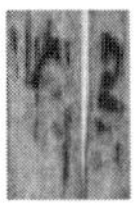 放·日乙 291									245
樺	 里 8.1043									247

播	 龍·38									249
樹	 嶽五·律貳 57									251
	 睡·日乙 128									
	 周·195									
築	 睡·封 97									255
	 放·日甲 15	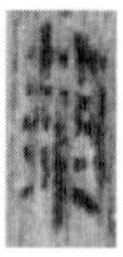 放·日乙 23	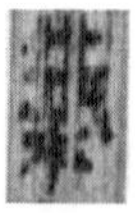 放·日乙 101	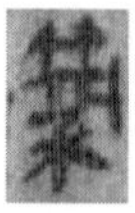 放·日乙 118						
橋	 龍·60									269
	 里 9.1949									
橫	 里 8.1226	 里 8.1434 背	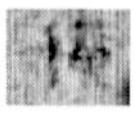 里 9.786	 里 9.1883	 里 9.2314 背					270
	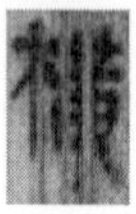 放·日乙 165									

𣘘	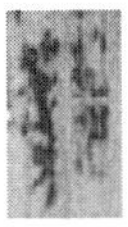 放·日乙241	 放·日乙309								274
櫜	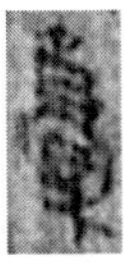 里8.145	 里8.2260	 里9.2027							279
	 嶽四·律壹346									
	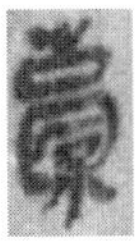 睡·秦雜16	 睡·為18	 睡·日甲163背							
	 周·313									
圜	 里8.1866									279
	 嶽四·律壹172									
	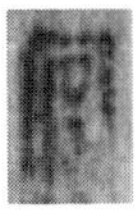 放·日乙215	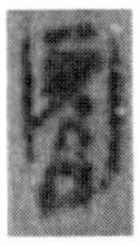 放·日乙233								
賢	 里8.133背									282

	 嶽四·律壹245									
	 睡・為27									
賴	 里8.2495									283
	 嶽四·律壹358									
	 睡・為15									
穆	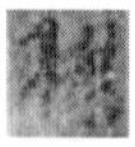 放・日乙268									324
穎	 里8.307									326
	 嶽五・律貳82									
積	 里8.135	 里8.552	 里8.1631							328
	 嶽一・為吏19	 嶽一・為吏86	 嶽二・數43	 嶽二・數189						

	 睡・秦種 27	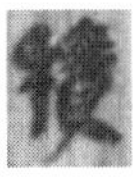 睡・秦種 174	 睡・效 27	 睡・效 38						
黎	 里 8.43									333
	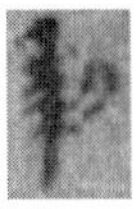 睡・秦種 12	 睡・秦種 168	 睡・效 27							
糗	 睡・日甲 9 背									335
寠	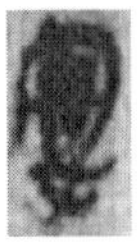 睡・秦種 82	 睡・日甲 55	 睡・日甲 56							345
瘳	 里 8.10	 里 8.790	 里 8.811	 里 8.936	 里 9.78	 里 9.2115				356
	 睡・日乙 108									
	 嶽四・律壹 186	 嶽五・律貳 325								
	 放・日甲 15	 放・日乙 242	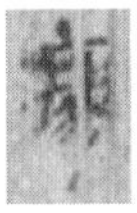 放・日乙 91A+93B+92							

	 周·240									
錦	 里 8.17 51									367
	 睡·法 162									
裹	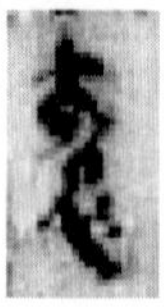 里 9.10 78									396
褭	 里 8.781	 里 8.15 74	 里 9.22 09							401
	 嶽四·律 壹 213									
親	 里 8.71									414
	 嶽一· 為吏 48	 嶽一· 占夢 22	 嶽一· 占夢 23	 嶽四· 律壹 32	 嶽五· 律貳 56					
	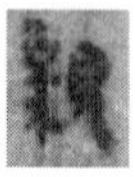 睡·秦 種 155	 睡·封 50	 睡·為 4	 睡·為 24	 睡·日 甲 94 背					

	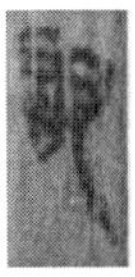 放・日 乙 254									
頭	 嶽三・ 魏151									420
	 里 9.33 31									
	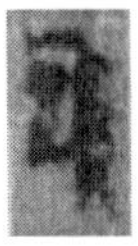 放・日 乙 233									
	 睡・封 57	 睡・封 69	 睡・日 甲 95 背							
	 周・328									
頸	 嶽三・ 魏151									421
	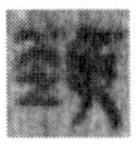 睡・封 65	 睡・日 甲 92 背	 睡・日甲 132 背	 睡・日 甲 151						
	 放・日 甲 34	 放・日 乙 70	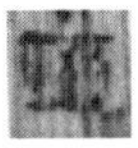 放・日 乙 73	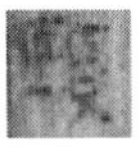 放・日 乙 211						

頫	 放·日甲32A+30B	 放·日乙68								421
	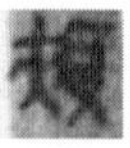 睡·日甲88背									
頯	 睡·法74	 睡·法88	 睡·日甲153							421
	 嶽四·律壹27	 嶽四·律壹103								
縣	 里8.122	 里8.573	 里8.1919	 里8.461	 里8.757	 里8.954	 里8.1034	 里9.10		428
	 嶽一·27質41	 嶽一·為吏62	 嶽四·律壹25	 嶽四·律壹54	 嶽五·律貳13	 嶽五·律貳14	 嶽五·律貳33	 嶽五·律貳36		
	 睡·語8	 睡·秦種18	 睡·秦種19	 睡·效30	 睡·秦雜13					
	 放·日乙3									
	 龍·7	 龍·8	 龍·39							

	 周·309									
篡	 睡·封71									441
廦	 睡·封81									448
	 嶽四·律壹43									
膾	 里8.474	 里8.1787	 里9.13	 里9.440	 里9.2543					448
	 嶽四·律壹175									
	 睡·秦種175	 睡·效32	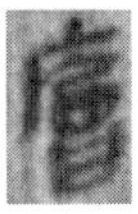 睡·日甲115							
	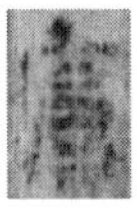 放·日乙2									
	 周·352	 周·13								

磨	 周・132									457
豫	 里 8.444	 里 9.2503								464
	 嶽一・占夢 2									
駱	 嶽五・律貳 58									466
篤	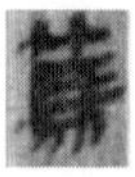 睡・秦雜 29									470
	 嶽四・律壹 292	 嶽五・律貳 278								
	 放・日乙 242									
	 周・191	 周・209	 周・230							
麋	 放・日乙 334									475

	 龍·33A									
獨	 里 8.38	 里 8.141	 里 8.2124	 里 9.22						480
	 嶽三·癸 53	 嶽三·癸 54	 嶽三·癸 55	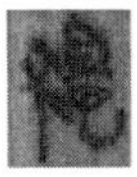 嶽三·學 226	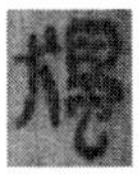 嶽三·綰 241	 嶽四·律壹 139	 嶽五·律貳 85	 嶽五·律貳 234		
	 睡·語 9	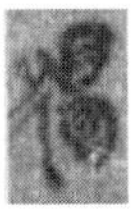 睡·秦種 25	 睡·秦種 123	 睡·為 8	 睡·日甲 109 背	 睡·日甲 118 背				
	 周·347									
燒	 里 9.1861									485
燔	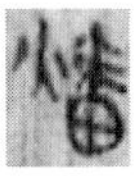 里 8.1620	 里 9.1426								485
	 嶽一·占夢 6									
	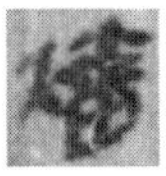 睡·秦種 88	 睡·法 159	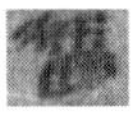 睡·日甲 116 背	 睡·日甲 166 背						

	 放・日甲72	 放・日乙108A+107								
	 周・323	 周・354	 周・372							
黔	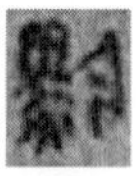 里8.197	 里8.223	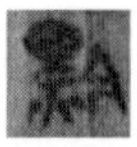 里8.290	 里8.1796						493
	 嶽一・為吏13	 嶽三・同148	 嶽四・律壹151	 嶽四・律壹266	 嶽四・律壹369	 嶽五・律貳28	 嶽五・律貳39	 嶽五・律貳40	 嶽五・律貳42	
	 放・日甲16	 放・日乙272								
	 龍・150	 龍・155								
	 周・297									
憲	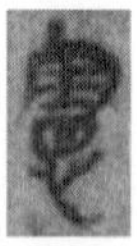 睡・秦種193									507
憖	 里9.15									508

澤	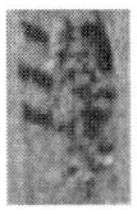 放・日乙268	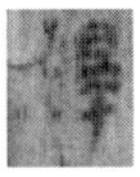 放・日乙270								556
	 里9.2059									
	 周・88									
魿	 里8.1022									586
燕	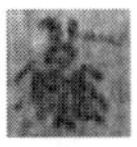 里8.534									587
龍	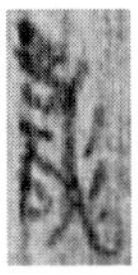 里8.1496									588
	 睡・日甲18	 睡・日甲42背	 睡・日甲81	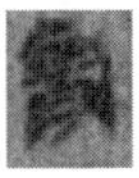 睡・日甲155	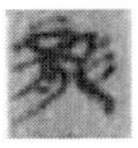 睡・日乙39	 睡・日乙52				
	 嶽一・為吏52									
	 放・日甲73	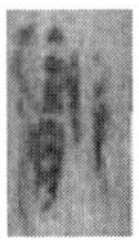 放・日乙300	 放・日乙316							

	 龍·33A									
	 山·1									
閻	 里 8.92	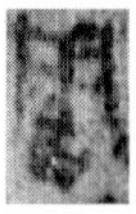 里 8.1437 背	 里 9.2256							593
	 睡·日乙 88									
閹	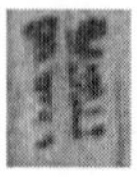 放·日乙 115									596
頤	 放·日乙 238									599
操	 里 8.173	 里 8.439	 里 9.880	 里 9.1491						603
	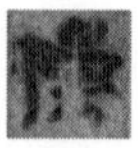 嶽三·譊161	 嶽五·律貳 316								
	 睡·秦種 62	 睡·為 5	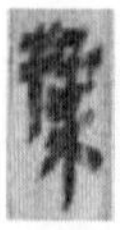 睡·日甲 92 背							
	 放·日甲 25	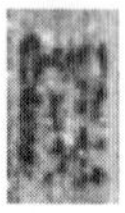 放·日乙 63	 放·日乙 140							

	 周・327	 周・328								
擄	 里 8.86 背	 里 8.356								603
擇	 里 8.313	 里 8.777	 里 8.839	 里 9.657	 里 9.759 背					605
	 嶽一・為吏 33	 嶽三・學 217	 嶽三・學 223	 嶽三・學 226	 嶽三・學 229	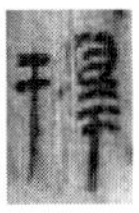 嶽五・律貳 134				
	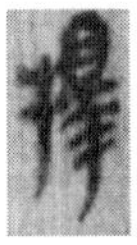 睡・秦種 68	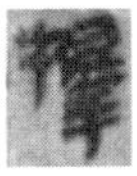 睡・秦雜 24	 睡・日甲 103 背	 睡・日乙 194						
	 放・日甲 66									
舉	 里 8.152	 里 8.10 54								609
	 嶽一・為吏 30									

	 睡·語 6									
擅	 嶽一·為吏 65	 嶽三·芮 70	 嶽三·芮 85	 嶽四·律壹 147	 嶽五·律貳 53	 嶽五·律貳 221	 嶽五·律貳 330			610
	 睡·秦種 106	 睡·秦雜 34								
	 放·日乙 271									
	 龍·23									
嬗	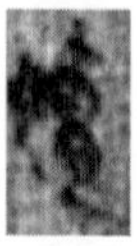 里 8.2034									627
戰	 里 5.29									636
	 嶽三·綰 243	 嶽五·律貳 173								
	 睡·秦雜 37	 睡·日甲 32	 睡·日甲 136 背							

	 放・日乙346									
	 周・188	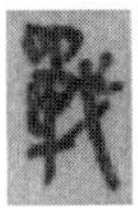 周・190	 周・214							
匽	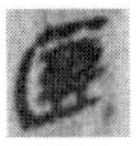 睡・日甲105背									642
甌	 里9.2518									644
彊	 睡・為37									646
	 里9.3063									
	 龍・154									
縛	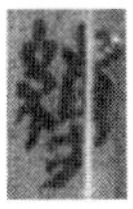 嶽三・同142									654
	 睡・法81	 睡・封42								

縑	 里 8.25 16	 里 9.22 91								655
龜	 放・日 乙 230	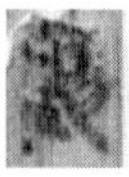 放・日 乙 232								685
壁	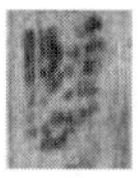 放・日 乙 178									691
	 睡・日 甲 11 背	 睡・日 乙 259								
墼	 里 9.22 89									693
壄	 嶽三・ 魏167	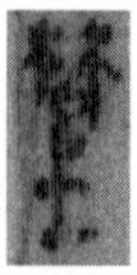 嶽三・ 學 229								701
	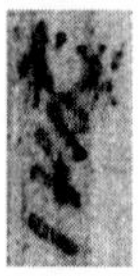 里 8.14 37									
勶	 嶽三・ 癸 53	 嶽三・ 魏155	 嶽五・律 貳 252							706
	 睡・秦 種 10	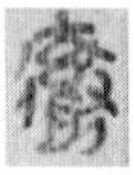 睡・為 48	 睡・日 甲 12 背	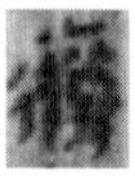 睡・日 甲 28	 睡・日 甲 59					

	 放·日乙 15									
	 龍·61A									
	 周·48	 周·133								
錄	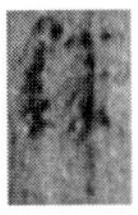 里 8.480	 里 8.481	 里 8.493							710
錮	 嶽四·律壹 366									710
錯	 睡·日甲 92 背									712
錡	 里 9.153									712
錢	 里 6.5	 里 8.63	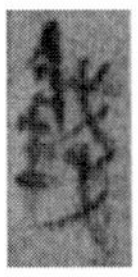 里 8.350	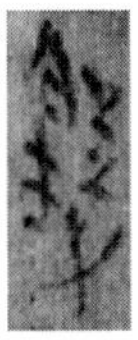 里 8.597	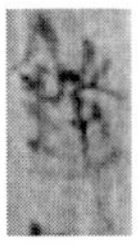 里 8.771					713
	 嶽二·數 148	 嶽二·數 205	 嶽三·癸 11	 嶽三·芮 85	 嶽三·魏166	 嶽四·律壹 18	 嶽四·律壹 66	 嶽五·律貳 26	 嶽五·律貳 41	

	 睡・秦種 65	 睡・秦種 143	 睡・效 59							
	 放・日乙 274									
	 龍・26	 龍・155								
	 周・367									
錐	 睡・法 86									714
	 嶽四・律壹 109									
輻	 里 9.1904									732
輸	 里 8.162	 里 8.454	 里 8.2166	 里 8.2518	 里 9.275					734
	 嶽四・律壹 122	 嶽五・律貳 33								
	 睡・秦種 86	 睡・秦種 201	 睡・效 49							

險	 里 8.51									739
	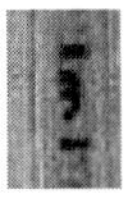 嶽五·律貳 134									
	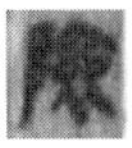 睡·語 12	 睡·日甲 91 背	 睡·日甲 92 背							
	 青·16									
蹂	 嶽五·律貳 35									746
辥	 睡·為 5									749
葢	 里 8.207									
繇	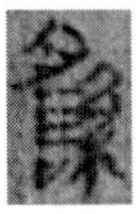 里 8.197									
[illegible]	 里 5.33									
[illegible]	 里 6.1 背									

⿰类耳	 里 8.1584									
⿰山童	 里 8.1201	 里 9.3151								
	 嶽二・數 64									
	 睡・日甲 106 背									
	 里 8.1087									
⿰車爰	 里 8.611									
墾	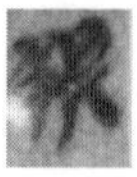 睡・秦種 1									
⿰巾亶	 睡・秦種 147									
⿱殳車	 睡・秦種 148									

懀	 里 8.533									
摜	 睡・為 17									
緻	 嶽四・律壹 365									
辧	 嶽四・律壹 112	 嶽四・律壹 123								
鞔	 放・日乙 66	 放・日甲 30A+32B								
擯	 周・339									
瞙	 周・368									
朁	 周・368	 周・369								
壅	 嶽五・律貳 218									
篷	 里 9.22	 里 9.1754								

䈬	 里 9.2288 背									
䈙	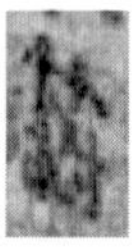 里 9.2289									
䌬	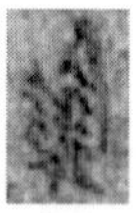 里 9.2289									
轂	 里 9.1625									
	 睡・日甲 94 背									
鴈	 里 9.1284									
𨗨	 里 9.470									
𢕟	 睡・日乙 104									
綘	 睡・日乙 194									

厲	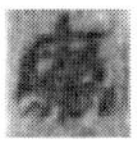 睡·日甲 5								
辪	 睡·日甲 136 背								

十七畫

	字例									頁碼
齋	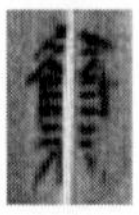 嶽五·律貳307									3
禪	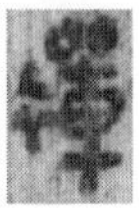 睡·封68									7
	 里9.142	 里9.2236	 里9.3270	 里9.3326						
	 嶽四·律壹384									
環	 里8.656	 里8.1583	 里8.2101	 里9.330	 里9.2529					12
	 嶽一·35質35	 嶽三·癸24	 嶽三·芮86	 嶽三·學217	 嶽四·律壹281	 嶽五·律貳5	 嶽五·律貳191			
	 睡·秦雜25	 睡·法102	 睡·為14	 睡·日甲90背	 睡·日甲146背					
	 放·日甲38	 放·日乙74								

	 周·262B	 周·329								
薛	 睡·為34									27
薏	 里9.473									28
薄	 里8.551	 里8.757	 里8.434	 里8.815	 里9.44	 里9.152				41
	 嶽三·同143	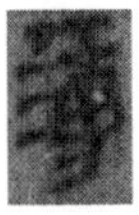 嶽三·魏153	 嶽五·律貳252							
	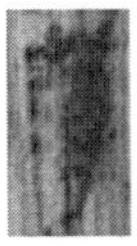 放·日乙240									
薪	 里8.805	 里8.1057	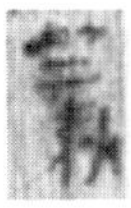 里9.327	 里9.2262						45
	 嶽三·猩45	 嶽四·律壹60	 嶽五·律貳27							
	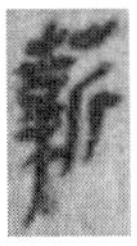 睡·秦種88	 睡·秦種134	 睡·秦雜5	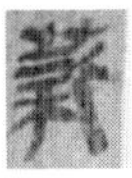 睡·法112	 睡·法113					

	 放・日甲 40									
趨	 睡·為 6									64
	 嶽四·律壹 381									
避	 嶽三・芮 84	 嶽四·律壹 314	 嶽五·律貳 266							73
	 睡·語 6									
	 里 8.2256	 里 9.1874								
遽	 睡·日甲 100 背	 睡·日甲 111 背								76
蹇	 放・日甲 35	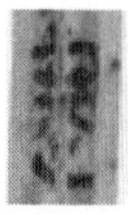 放・日乙 71								84
龠	 嶽一・為吏 62									85
	 睡·為 9									

謙	 嶽三·同 148	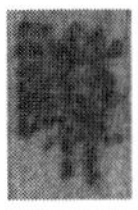 嶽三·魏168	 嶽五·律貳 196							94
	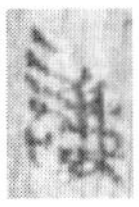 里 9.2315									
謝	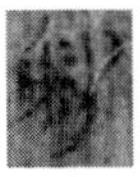 里 8.208 背	 里 8.988	 里 8.2304	 里 9.707 背	 里 9.1137	 里 9.1732				95
	 嶽一·為吏 26	 嶽四·律壹 186								
謄	 里 8.1151									96
謗	 睡·為 8									97
鞞	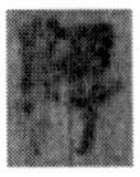 嶽三·魏159									109
	 睡·日甲 90 背									
鞠	 里 8.258	 里 8.2191 背								109

	 嶽三·得172									
隸	 里6.7	 里8.1343	 里8.1671	 里8.863	 里8.911	 里8.1558				119
	 嶽三·芮65	 嶽三·譊141	 嶽四·律壹8	 嶽四·律壹249						
	 睡·秦種61	 睡·秦種113	 睡·秦種145	 睡·秦雜37	 睡·秦雜38					
	 龍·40									
斂	 里8.1629									125
	 睡·為7									
瞶	 里8.1042									134
瞫	 里8.877	 里 9.15背	 里9.204	 里9.402						135

嚋	 里8.197背	 里8.1554								138
糞	 里8.329	 里8.1950	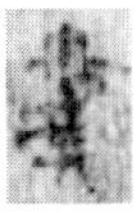 里9.200	 里9.2988						160
	 嶽四·律壹357									
	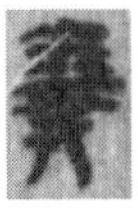 睡·秦種86	 睡·秦種89	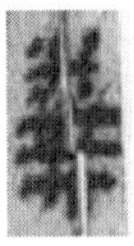 睡·日甲98背	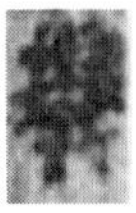 睡·日甲126						
	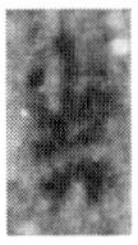 放·日甲40	 放·日乙71								
膽	 周·309									170
臂	 里8.151	 里9.29	 里9.599							171
	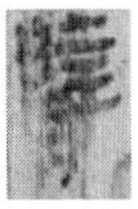 睡·封88	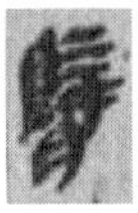 睡·日甲128背	 睡·日乙81							
	 青·16									

臚	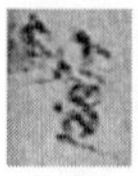 里 8.166	 里 8.656	 里 8.1563	 里 9.2107	 里 9.298					173
簍	 嶽一·為吏 86									195
篚	 里 9.232									196
爵	 里 8.247	 里 8.330	 里 8.702 背	 里 8.2188	 里 8.2551					220
	 嶽二·數 122	 嶽二·數 123	 嶽三·多 91	 嶽三·多 92	 嶽四·律壹 210	 嶽四·律壹 338	 嶽四·律壹 379			
	 睡·秦種 154	 睡·秦雜 37	 睡·秦雜 38	 睡·法 63	 睡·法 113	 睡·日乙 97				
	 放·日乙 14									
矯	 睡·語 2									228
矰	 嶽一·為吏 69	 嶽三·學 215								228

	 睡·日甲28背								
	 里9.886								
牆	 睡·秦種195								233
臢	 睡·法170								283
韓	 里8.894								238
	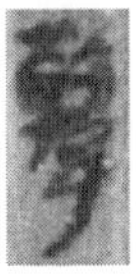 睡·葉24								
橿	 里8.1221								247
檀	 里8.581	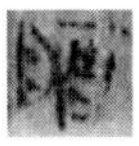 里8.679背							249
檢	 嶽五·律貳109								268
	 里9.2237								

	 睡・法 202									
檄	 嶽五・律貳 102									268
購	 里 8.1008	 里 8.1461	 里 8.1572	 里 9.3298						285
	 嶽三・癸 10	 嶽五・律貳 26	 嶽五・律貳 42	 嶽五・律貳 173						
	 睡・法 134	 睡・法 140								
	 龍・145									
稺	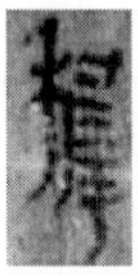 里 8.2093									324
	 嶽四・律壹 372									
穜	 嶽一・為吏 77	 嶽三・學 222	 嶽四・律壹 367							324

	 里9.492	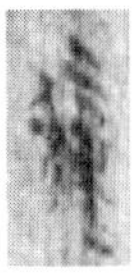 里9.1023	 里9.1927							
	 睡・日甲16背	 睡・日乙64								
	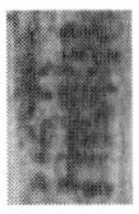 放・日乙164	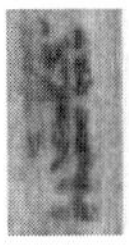 放・日乙352								
	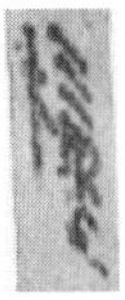 龍・158									
糜	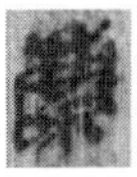 睡・法81	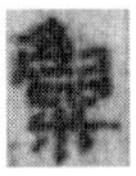 睡・封52	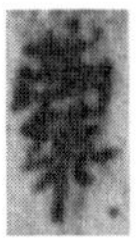 睡・封53							335
鐵	 嶽三・魏168									340
	 睡・為5									
	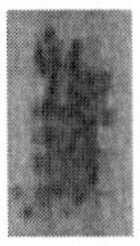 放・日乙212	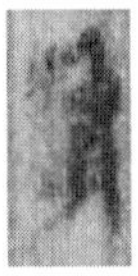 放・日乙236								
營	 嶽二・數69									346

	 睡・日甲 53	 睡・日甲 164 背	 睡・日乙 80							
	 周・143	 周・211								
蟖	 里 8.648									352
癈	 嶽四・律壹 256									352
癉	 放・日甲 14	 放・日乙 15								355
	 里 9.244									
巇	 里 8.662 背	 里 9.83								364
儠	 嶽一・為吏 61									372
償	 里 8.1532									378
	 嶽四・律壹 58	 嶽四・律壹 310								

	 龍·101	 龍·162								
臨	 里 8.66	 里 8.695	 里 8.970	 里 8.14 16	 里 9.21	 里　9.21 背	 里 9.11 62			392
	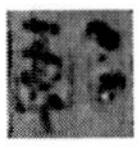 嶽一· 35 質 6	 嶽一· 為吏 59	 嶽四·律 壹 139							
	 睡·為 37	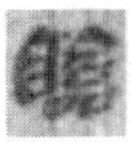 睡·日 甲 32	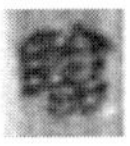 睡·日 甲 129	 睡·日甲 145 背	 睡·日 乙 136	 睡·日 乙 237				
	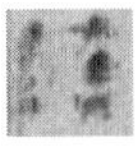 放·日 乙 16									
襄	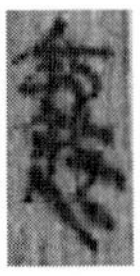 里 8.184	 里 8.809	 里 8.22 46	 里 9.32	 里 9.484 背	 里 9.704	 里 9.12 24			398
	 嶽一· 占夢 8	 嶽四· 律壹 53								
	 睡·秦 種 35	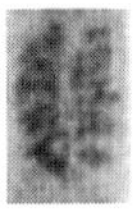 睡·日 甲 28								
褋	 里 8.12 98	 里 8.20 35								399

	 嶽四·律壹 171									
氈	 嶽四·律壹 167									403
屨	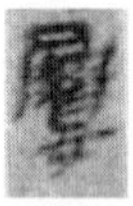 睡·日甲 106 背	 睡·日甲 110 背								407
歠	 里 8.39	 里 8.938	 里 9.15 42							417

醜	 嶽一·27 質 9	 嶽一·為吏 35								440
	 睡·語 12									
豲	 嶽一·占夢 16									460
	 龍·34A									
麋	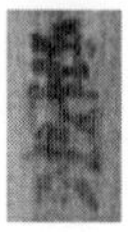 放·志 4									475

薦	 嶽一・為吏13									474
	 睡・秦種10	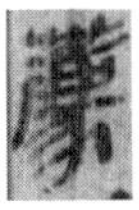 睡・法151								
毚	 嶽一・為吏3	 嶽五・律貳93								477
	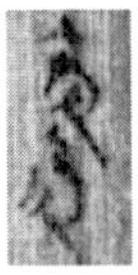 里9.2296	 里9.3055								
	 睡・法12									
	 放・日乙185									
	 周・369									
獲	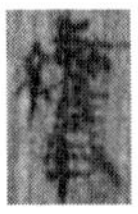 里8.754	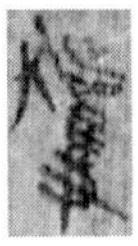 里8.1558	 里8.2161							480

	 嶽一·34質63	 嶽三·癸30								
	 睡·葉18	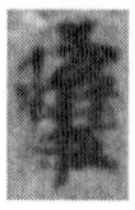 睡·秦種35	 睡·日甲92背	 睡·日甲118	 睡·日乙20A+19B+20B					
鼢	 里8.1057									483
燭	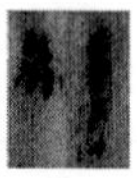 嶽四·律壹109	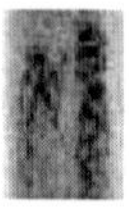 嶽五·律貳303								488
	 周·329									
燥	 里8.1243									490
黚	 里9.719	 里9.1623								492
應	 嶽五·律貳67	 嶽五·律貳109								507
	 里9.273									

	 睡・法38	 睡・日甲133背								
濮	 里9.1145	 里9.1567	 里9.2300							540
濕	 嶽一・為吏11	 嶽五・律貳95								541
濡	 放・日乙1	 放・日乙207								546
濞	 里9.2525									553
谿	 里8.519	 里9.493	 里9.11							575
	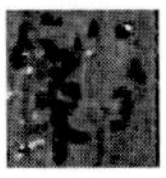 嶽一・27質32	 嶽三・多88								
	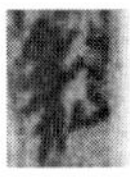 放・日甲34	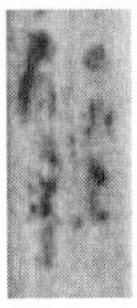 放・日乙70	 放・日乙217							
霜	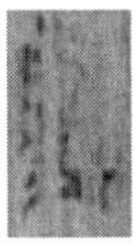 放・日乙294									579

鮫	 里 8.769									585
鮮	 里 8.145	 里 9.2289	 里 9.2698							585
	 睡・日甲 74	 睡・日乙 174								
	 青・16									
翼	 放・日乙 133	 放・日乙 178								588
	 睡・日甲 56	 睡・日甲 79 背	 睡・日甲 94	 睡・日甲 161 背	 睡・日乙 94					
	 周・133	 周・239								
闌	 里 8.1230	 里 9.1194								595
	 嶽四・律壹 43	 嶽四・律壹 54								

	 睡·法139									
	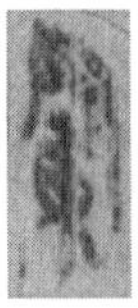 龍·2	 龍·4	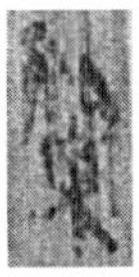 龍·12							
聯	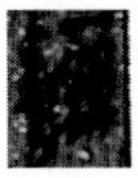 嶽一·為吏12	 嶽一·為吏24	 嶽一·為吏63							597
	 里9.97									
聲	 里8.1363									598
	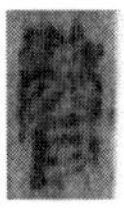 嶽三·得177	 嶽三·學225								
	 睡·法52									
	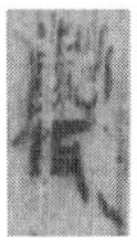 放·日甲30A+32B	 放·日乙260	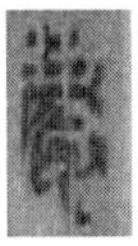 放·日乙277	 放·日乙285						
舉	 睡·日甲159背	 睡·日乙247								609

	 里 9.24 67									
	 嶽五・律貳 59	 嶽五・律貳 63								
	 周・140									
擊	 里 8.145									615
嬰	 里 8.217	 里 8.863	 里 9.11 28							627
	 嶽三・同 142	 嶽五・律貳 326								
	 睡・秦種 50	 睡・秦種 69								
戲	 里 8.10 94	 里 9.761								636
	 嶽一・35 質 14	 嶽一・35 質 23								

	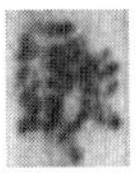 睡・封32	 睡・日甲135背								
繇	 嶽一・為吏74	 嶽四・律壹249	 嶽四・律壹147	 嶽四・律壹149	 嶽五・律貳30					649
	 睡・秦種124									
縱	 里8.70	 里8.1107	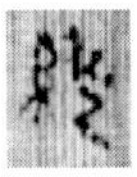 里9.565							652
	 嶽一・34質8	 嶽一・34質29	 嶽五・律貳43	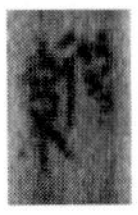 嶽五・律貳222						
	 睡・秦種5	 睡・法63								
	 龍・71									
總	 睡・秦種54									653
縵	 里8.14	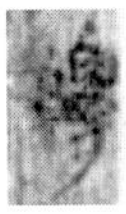 里9.83	 里9.731	 里9.1400	 里9.2291					655

繆	 里 8.70	 里 8.786	 里 8.2471	 里 9.689	 里 9.706 背	 里 9.2868				668
	 睡・效 56	 睡・封 82	 睡・封 83							
雖	 嶽三・學 222	 嶽四・律壹 204	 嶽四・律壹 221	 嶽五・律貳 43	 嶽五・律貳 46					670
	 睡・秦種 50	 睡・秦種 163	 睡・效 21	 睡・效 24	 睡・法 98	 睡・為 22	 睡・日甲 153			
	 青・16									
	 放・日甲 73	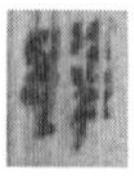 放・日乙 18	 放・日乙 22							
	 龍・105									
蟄	 睡・日甲 25 背									678
黿	 放・日乙 232									686

錯	 里 8.1191									709
鍱	 里 9.465 背									712
鍾	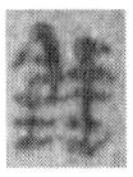 睡・秦種 130									715
鍭	 里 8.1260	 里 9.738	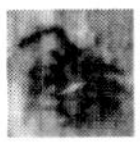 里 9.1380	 里 9.1696						718
轀	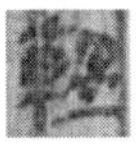 里 8.175									727
輿	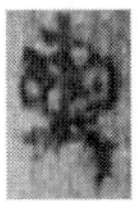 里 8.412	 里 8.461	 里 9.465 背	 里 9.1112 背						728
	 嶽二・數 23	 嶽二・數 27								
	 睡・秦雜 27	 睡・日乙 89								
	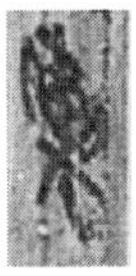 龍・59									
	 周・231									

轅	 睡・秦種 125	 睡・法 179								732
	 里 9.2058									
隱	 睡・秦種 156	 睡・法 125	 睡・法 126							741
	 嶽四・律壹 8	 嶽四・律壹 33	 嶽四・律壹 329							
	 山・1	 山・1	 山・1							
繇	 里 8.488	 里 8.1441 背								
雜	 里 8.487	 里 8.1351	 里 9.1099	 里 9.1451	 里 9.2067					
繪	 里 8.145									
類	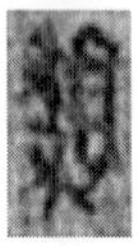 里 8.145									

懫	 里 6.4	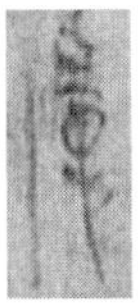 里 8.63	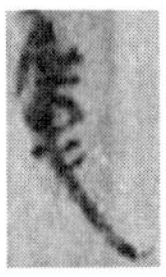 里 8.135 背	 里 8.138 背	 里 9.28 74				
⿰受爰	 里 8.39								
篷	 里 8.22 83								
饋	 里 8.169	 里 8.663	 里 8.14 67	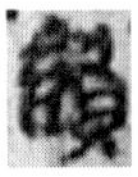 里 8.21 01					
⿰埶頁	 里 8.12 84								
鐵	 里 8.13 34								
遞	 里 8.13 50								
醢	 嶽一・為吏 18								

瘚	 嶽一·為吏 40									
糙	 嶽二·數 153									
鍚	 嶽三·猩 56	 嶽三·猩 58								
鞞	 嶽三·魏157									
竈	 嶽三·學 236									
	 周·134	 周·143	 周·262 B							
盬	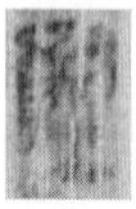 睡·秦種 12									
踜	 睡·秦種 78	 睡·秦種 128	 睡·秦種 194							
輻	 睡·秦種 125									
簉	 里 8.1237									

體	 睡・法 79	 睡・為 7								
衛	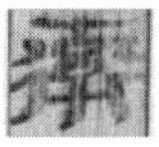 睡・法 198	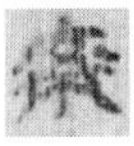 睡・為 20	 睡・為 23							
軀	 睡・法 210									
靡	 睡・封 23									
蘖	 睡・封 82									
謕	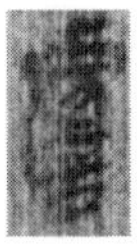 睡・封 62									
糧	 嶽四・律壹 329									
歙	 嶽四・律壹 120									
醘	 嶽四・律壹 280									

鴇	 放・日乙334									
築	 周・299									
膝	 里9.2058									
瞶	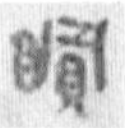 里9.6	 里9.989	 里9.1426							
䩭	 里9.203									
饋	 里9.2035									
𤺊	 里9.53	 里9.464	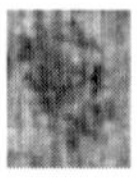 里9.1114	 里9.1903	 里9.2086					
體	 睡・日甲142	 睡・日乙246								
獾	 睡・日甲94背									
瘇	 睡・日甲15									

鬴	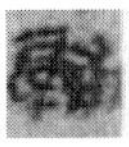 睡·日甲 122 背									
戱	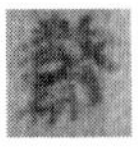 睡·日甲 116 背									
習	 睡·日甲 107 背									
鄺	 睡·日甲 114 背									
謞	 睡 · 日 乙 145									

十八畫

	字例									頁碼
禮	 里8.755	 里8.2159	 里8.2164	 里9.21背	 里9.622					2
	 嶽一·為吏52	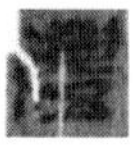 嶽三·魏169								
歸	 里6.35背	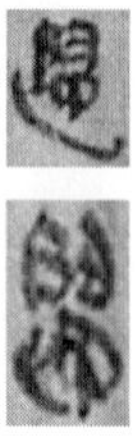 里8.135	 里8.140	 里8.547	 里8.777	 里8.2030	 里8.2408	 里9.588	 里9.1721	68
	 嶽一·27質37	 嶽二·數134	 嶽二·數135	 嶽三·尸41	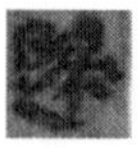 嶽三·同143	 嶽五·律貳297				
	 睡·葉5	 睡·葉8	 睡·秦種46	 睡·秦種104	 睡·秦種155	 睡·為33	 睡·為50	 睡·日乙119		
	 放·日乙294	 放·日乙316	 放·日乙317							
	 龍·115									

	 周・351	 周・352								
	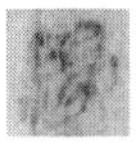 山・2									
謹	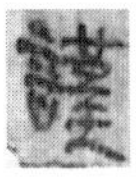 里8.138	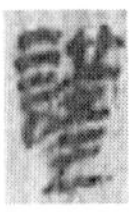 里8.155	 里9.11 12背							92
	 嶽一・ 為吏43	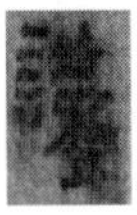 嶽三・ 學236	 嶽四・ 律壹10	 嶽五・ 律貳7	 嶽五・ 律貳19	 嶽五・ 律貳28	 嶽五・ 律貳86			
	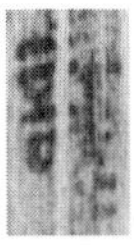 睡・秦 種12	 睡・秦 種68	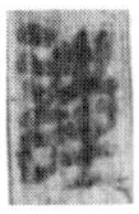 睡・封 68	 睡・為3	 睡・為 34					
	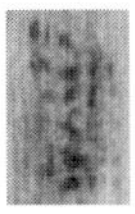 放・志7									
諄	 里9.213									95
	 睡・日 甲56背	 睡・日甲 100背								
謳	 嶽四・ 律壹84									95

謷	 里8.489	 里8.528								96
謾	 里8.503	 里9.982								97
	 嶽五·律貳243	 嶽五·律貳244	 嶽五·律貳246							
叢	 睡·日甲100背									103
韁	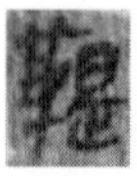 里8.458	 里8.1577	 里9.1164	 里9.2041						109
	 放·日甲41									
鞏	 里8.95									109
雞	 放·日甲19	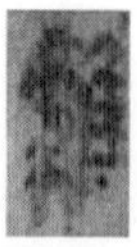 放·志4	 放·日乙71	 放·日乙143	 放·日乙356					143
	 嶽一·占夢5									

	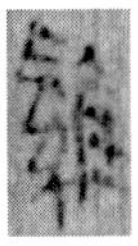 里8.950	 里9.737								
	 山·1	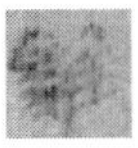 山·2								
	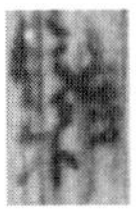 睡·葉45	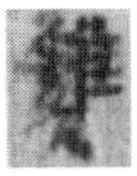 睡·秦種63	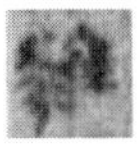 睡·日甲70							
魋	 里8.1864									145
藿	 里8.1322	 里9.1861								146
臑	 睡·日甲96背	 睡·日甲97背								171
簡	 里8.113									192
	 睡·為9									
醘	 嶽四·律壹115									214

	 睡·日甲141背									
樓	 嶽四·律壹275									247
贅	 里8.1743									284
	 嶽四·律壹334									
	 睡·為19	 睡·為21								
糧	 嶽四·律壹332									336
	 里9.50	 里9.2592								
竄	 周·312									349
癘	 里8.238									354

	 嶽一·占夢42									
	 睡·法121	 睡·法122								
覆	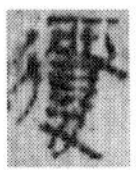 里8.141	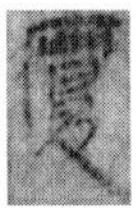 里8.492	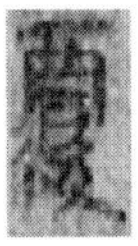 里8.1897	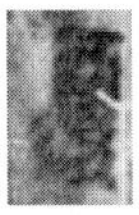 里9.1416背	 里9.3169					360
	 嶽三·譊140背	 嶽三·𧮯158	 嶽五·律貳262	 嶽五·律貳264						
	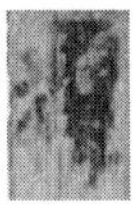 睡·封13									
禣	 睡·日甲52背	 睡·日乙130								397
襍	 里9.1120	 里9.2060								399
雜	 里8.210									399
	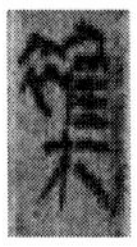 嶽五·律貳122									

	 睡・秦種 27	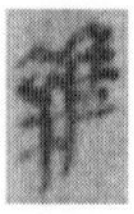 睡・秦種 30	 睡・秦種 191	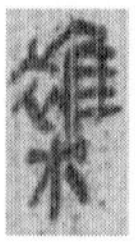 睡・效 28	 睡・法 162					
	 放・日乙 214A+223	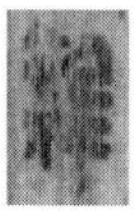 放・日乙 250								
	 周・210	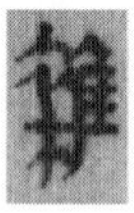 周・220	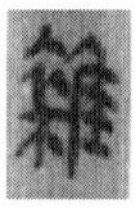 周・243							
簪	 里 8.752	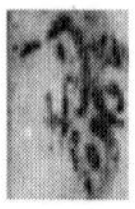 里 8.1866	 里 9.85	 里 9.2209	 里 9.2873					410
	 嶽四・律壹 213									
顏	 放・日乙 208	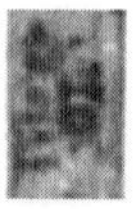 放・日乙 221								420
貙	 睡・日甲 96 背									462
騎	 里 8.461	 里 8.532 背								469
	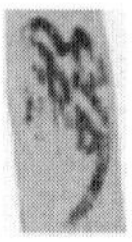 龍・54	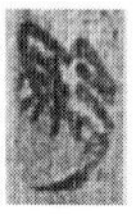 龍・59								

鞫	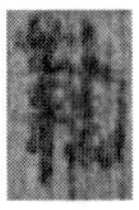 里 8.209 背	 里 8.353	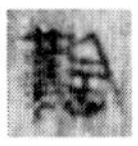 里 9.1091							501
	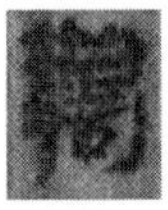 嶽三・譊 140	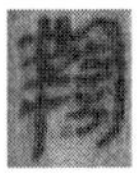 嶽三・得 178	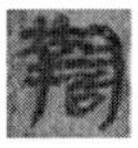 嶽三・得 184	 嶽四・律壹 50						
	 睡・法 115									
	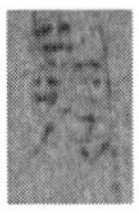 龍（木）・13									
綮	 嶽五・律貳 115									520
瀆	 里 8.1407									559
	 嶽一・為吏 59									
鯉	 里 9.2066	 里 9.2289								582
闐	 里 8.1386									593

闕	 里 8.1185									596
職	 里 8.2147	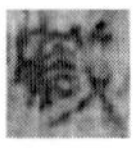 里 8.2451	 里 9.2165							598
	 嶽五·律貳 91									
	 睡·效 43	 睡·效 44	 睡·為 19							
聶	 里 8.751									599
	 嶽四·律壹 185									
	 睡·為 2									
織	 里 6.25	 里 8.756	 里 8.1680	 里 9.69						651
	 嶽一·為吏 69	 嶽二·數 127								
	 睡·法 162	 睡·日甲 155	 睡·日甲 164 背							

繞	 里8.107	 里8.1066								653
繚	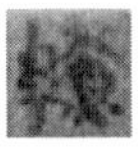 里8.537									653
繒	 里8.1751	 里8.2204	 里9.833							654
	 睡・封82									
繕	 里8.69	 里8.567	 里8.569	 里9.1617	 里9.1732	 里9.2289				663
	 嶽一・為吏17	 嶽四・律壹189								
	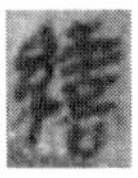 睡・秦種89	 睡・秦雜41								
繘	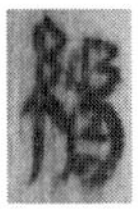 周・340	 周・341								665
[illegible]	 放・日乙291									670

黽	 里8.179	 里8.1783	 里9.710							686
	 睡·為20									
鼈	 放·志5									701
斷	 里8.1054	 里8.1874	 里9.1141	 里9.2309						724
	 嶽三·癸3	 嶽五·律貳193	 嶽五·律貳330							
	 睡·法115	 睡·法208	 睡·為29							
轉	 里8.2010									734
	 嶽三·田200	 嶽四·律壹137								
	 睡·為3									

	 放・日乙 294									
醫	 里 8.483									757
	 睡・封 5	 睡・日甲 148	 睡・日乙 242	 睡・日乙 244						
醬	 睡・秦種 179	 睡・秦種 181	 睡・日甲 141 背							758
	 里 9.20									
	 嶽四・律壹 110									
輸	 嶽一・為吏 84									
魏	 里 8.2098									
	 嶽五・律貳 14	 嶽五・律貳 15								

	 睡・葉 29									
簦	 嶽一・占夢 12									
鬵	 嶽一・占夢 17	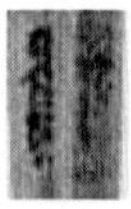 嶽五・律貳 257								
[illegible]	 嶽二・數 213									
辭	 嶽三・尸 35	 嶽三・芮 68	 嶽三・芮 70	 嶽三・多 91						
	 睡・秦雜 35	 睡・法 95								
獵	 嶽三・猩 51									
	 嶽一・占夢 16									
	 睡・秦雜 27									

瞻	 嶽三・魏157									
⿰米童	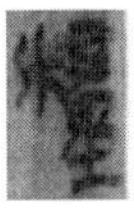 嶽三・學212									
闟	 睡・葉13	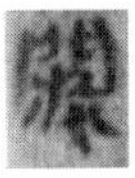 睡・葉14								
繡	 睡・秦種110									
藉	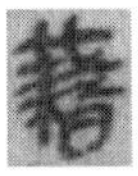 睡・效43									
	 嶽四・律壹86	 嶽四・律壹141								
旞	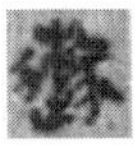 睡・秦雜26	 睡・法159	 睡・法204	 睡・為41						
騠	 睡・秦雜27									
⿰酉崇	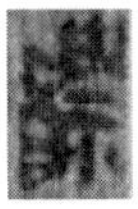 里8.761									
蟲	 睡・法179	 睡・日甲93背								

顏	 睡・法 74	 睡・法 88	 睡・法 174							
閼	 嶽五・律貳 307									
	 睡・法 25	 睡・法 27								
鬙	 睡・封 35									
騅	 睡・封 21									
櫪	 嶽四・律壹 172									
癖	 嶽四・律壹 43									
衝	 嶽四・律壹 124									
	 睡・日甲 33 背	 睡・日乙 26	 睡・日乙 31	 睡・日乙 36	 睡・日甲 166 背					

	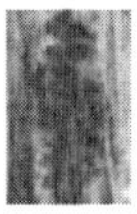 放・日乙94									
	 龍・64A									
愳	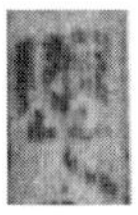 放・日乙244									
鬵	 周・324	 周・374								
	 睡・日甲107背									
巂	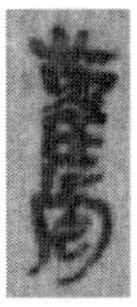 周・225									
	 睡・日甲53									
矆	 里9.975									
𨄲	 里9.796	 里9.1136	 里9.2000							

輸	 里 9.2011								
魋	 里 9.1209								
黔	 里 9.2033								
頛	 里 9.9								
	 睡・日甲 95 背								
騍	 里 9.206	 里 9.215							
⿰巾義	 里 9.2143								
擅	 睡・日乙 259								
⿰韋禹	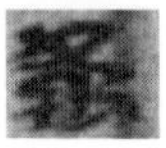 睡・日甲 28								

㬎	 睡·日甲 125背									
⿱𦥯目	 睡·日甲 123背									

十九畫

	字例									頁碼
禱	 周・352	 周・353								6
	 睡・日甲101									
瓊	 睡・法202									10
藍	 里8.1557	 里9.761								25
	 嶽一・為吏17									
藥	 里8.1243	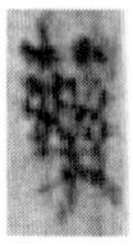 里9.1305	 里9.2261							42
[illegible]	 里8.1526背									54
	 嶽四・律壹332									

殰	 嶽二·數125									51
	 里9.2830									
	 放·日甲28	 放·日乙303B+289B								
	 龍·102	 龍·112								
嚴	 睡·為4	 睡·為8								63
邋	 龍·203									74
	 睡·日甲121背	 睡·日甲144	 睡·日乙20A+19B+20B							
邊	 睡·秦種62	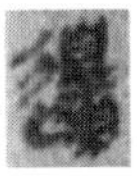 睡·秦雜35								76
	 周·139									

譔	 嶽四·律壹 178									91
識	 里 8.1882	 里 9.3								92
	 睡·秦種 86									
譊	 里 8.1301	 里 8.1584								96
	 嶽三·譊 140									
䜌	 里 8.1997	 里 9.2654								98
譖	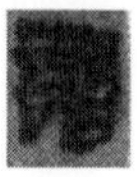 嶽三·同 143	 嶽三·魏154								100
龏	 睡·為 11									105
𢍰	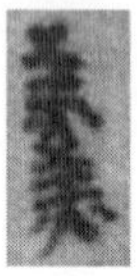 睡·秦種 181	 睡·秦種 182								113

	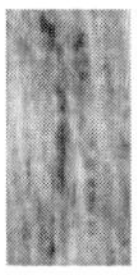 放·志 7									
離	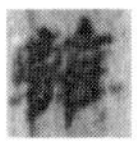 睡・葉 26	 睡・秦種 117	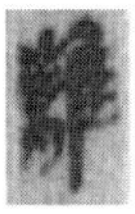 睡・秦種 169	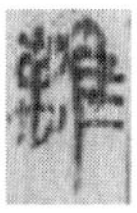 睡・效 28	 睡·日甲 157 背					144
	 里 9.32	 里 9.15 61	 里 9.33 20							
	 嶽四·律壹 191	 嶽五·律貳 319								
	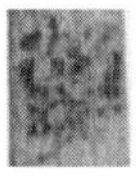 放・日乙 255	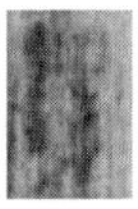 放・日乙 318								
	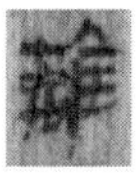 周・51	 周・54								
羸	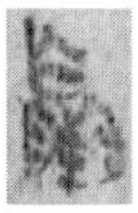 里 8.143									148
	 嶽一・34 質 12	 嶽一・為吏 84	 嶽四·律壹 171							
	 睡・秦種 194	 睡·效 1	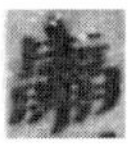 睡・法 146	 睡·日甲 123 背						

難	 嶽一・為吏 42	 嶽五・律貳 16	 嶽五・律貳 323							152
	 里 9.2699									
	 睡・封 91	 睡・為 4	 睡・為 39							
	 放・日甲 15	 放・日乙 364A+358B								
	 周・204									
臘	 周・347	 周・353								174
齋	 嶽五・律貳 49									213
櫟	 嶽三・譊156									249
	 睡・效 38									

檟	 睡・秦種 135									260
	 嶽四・律壹 48	 嶽五・律貳 223								
	 龍・122									
贊	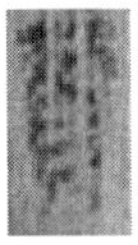 放・日乙 377									282
竈	 里 8.2123									287
旞	 睡・封 32									313
	 里 9.1082									
	 嶽四・律壹 60									
牘	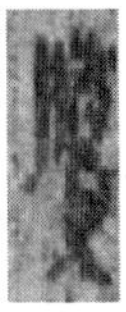 里 8.169	 里 8.499	 里 8.1654	 里 8.2146	 里 9.1544					321

	 嶽五·律貳115	 嶽五·律貳116								
穤	 睡·秦種35									325
穫	 里8.143背	 里9.728								328
	 睡·日甲15背									
糲	 嶽二·數94	 嶽二·數103								334
	 睡·秦種41	 睡·秦種180	 睡·秦種182							
竈	 睡·日甲144	 睡·日甲145背	 睡·日甲148背	 睡·日乙238	 睡·日乙244					344
窞	 里9.1333									350
癡	 睡·日甲120背									356

羅	 里 8.326	 里 8.569	 里 8.1886	 里 9.2073	 里 9.2105	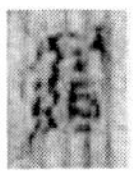 里 9.2687				359
	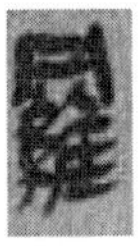 睡・日乙 5	 睡・日乙 17	 睡・日乙 223							
	 周・53									
襦	 嶽三・魏152	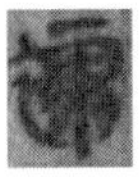 嶽三・魏162								398
	 睡・封 58									
積	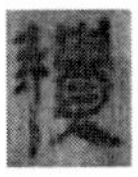 嶽三・綰 240									411
顛	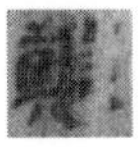 嶽三・得 180									420
	 周・374									
願	 里 9.2649									422

髮	 里 8.193									430
盧	 里 8.1873	 里 8.2056	 里 9.1416							447
	 嶽三・猩 52									
碞	 周・321	 周・372								454
麗	 嶽一・35 質 8	 嶽一・35 質 22								476
	 里 9.2058									
	 睡・法 179	 睡・日甲 142 背	 睡・日乙 197	 睡・日乙 198	 睡・日乙 199					
	 放・日乙 381									
類	 嶽一・占夢 3	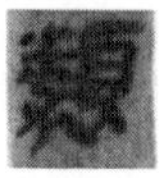 嶽三・巍152								481

	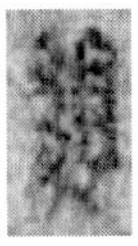 里 9.22 89									
	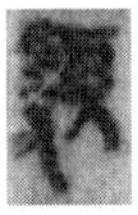 睡・封 57									
	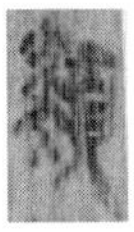 放・日乙 250	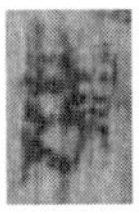 放・志 4								
懷	 睡・葉 39	 睡・封 84	 睡・日甲 55 背							509
	 嶽四・律壹 47	 嶽四・律壹 160								
鯨	 睡・法 2									585
靡	 里 8.28  嶽一・為吏 24  睡・秦種 104	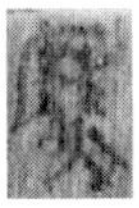 里 8.650  嶽一・為吏 71  睡・秦種 105	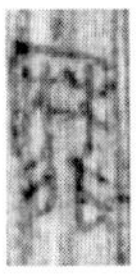 里 9.15 58							588

	 龍·73									
	 周·316	 周·346								
	 山·2									
周	 里8.206	 里9.1606								596
	 嶽一·35質10	 嶽四·律壹53	 嶽四·律壹243	 嶽五·律貳45						
	 睡·秦種97	 睡·法140	 睡·為9							
	 放·日乙122									
	 龍·52	 龍·53								
擾	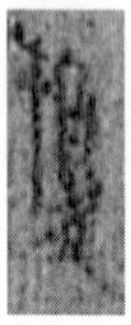 里8.663									607

繭	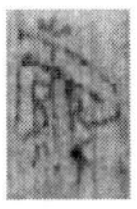 里 8.96	 里 8.889	 里 9.661	 里 9.14 32						650
	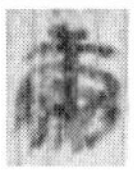 睡·日甲 154 背									
繹	 里 9.490	 里 9.11 13								650
	 睡·日甲 114 背	 睡·日甲 154 背								
繩	 嶽一· 占夢 33									663
繳	 里 9.20 97									665
繴	 嶽一· 為吏 75									665
繫	 里 8.144									666
蠆	 嶽一· 占夢 19									672

璽	 睡・法146	 睡・為33	 睡・日甲142背	 睡・日乙194	 睡・日乙195					694
	 里9.986									
壞	 里8.781	 里9.2541								698
	 嶽一・為吏1	 嶽四・律壹84								
	 睡・秦種116	 睡・秦種121	 睡・秦雜40	 睡・日甲12背	 睡・日甲24背	 睡・日甲28背	 睡・日乙41	 睡・日乙112	 睡・封53	
	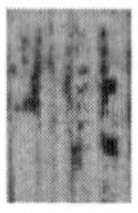 放・日乙52	 放・日乙94	 放・日乙115							
	 龍・39									
疇	 里8.454									701

	 嶽五·律貳141									
	 睡·秦種38									
	 龍·120									
疆	 青·16									704
	 里9.1917									
隴	 嶽四·律壹93									742
獸	 睡·秦種6	 睡·日甲108背	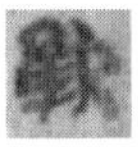 睡·日甲115背							746
	 龍·37	 龍·39	 龍·85							
辭	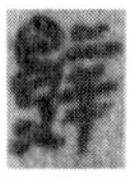 睡·封38	 睡·封13								749

	 里 9.3	 里 9.9								
孽	 睡・為 27									750
齍	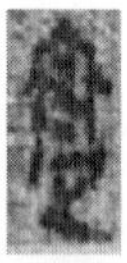 里 8.169									
簿	 里 8.16	 里 8.62								
	 嶽四・律壹 10									
蹱	 里 8.1959									
禁	 里 8.985									
韓	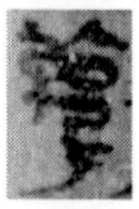 里 8.925	 里 8.2161								
	 周・2									
歊	 里 8.673	 里 8.814	 里 8.917	 里 8.1171						

⿱要月	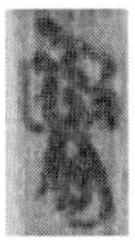 里 8.348	 里 8.865	 里 8.15 17	 里 9.546					
轎	 嶽三・ 癸 18								
餕	 睡・效 24								
⿸疒⿱雁心	 里 8.8	 里 8.41	 里 8.25	 里 8.15 64	 里 9.13 56	 里 9.13 70			
	 睡・封 58								
⿰産隹	 嶽四・ 律一 26								
罋	 嶽四・律 壹 109								
鯖	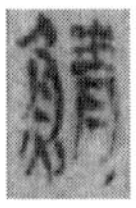 周・341								
⿰赤犀	 里 9.383								

鮟	 里 9.14 19 背									
櫐	 里 9.13 34									
纍	 睡・日甲 87 背									
韓	 睡·日甲 145 背									

二十畫

	字例									頁碼
蘇	 里 8.1194	 里 9.728								24
藺	 睡・秦種 131	 睡・日乙 177								28
釋	 里 6.9									50
齟	 周・326									79
議	 嶽三・癸 24	 嶽三・多 94	 嶽五・律貳 74							92
	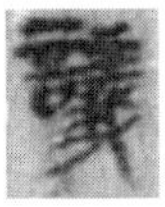 睡・秦種 39	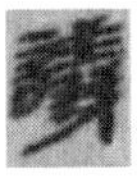 睡・法 83	 睡・為 11							
譴	 里 8.1077									100
競	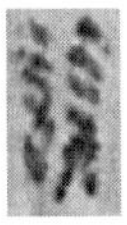 里 8.135	 里 8.896	 里 9.1619							102
	 周・21	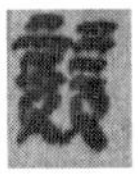 周・24	 周・26	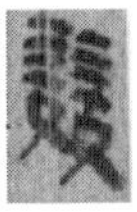 周・139						

觸	 嶽三·魏154	 嶽三·魏169								187
觹	 放·日乙176									188
籍	 睡·法147	 睡·封97	 睡·語14	 睡·秦種37	 睡·秦種175	 睡·秦種112	 睡·效27			192
	 嶽四·律壹35	 嶽五·律貳193								
	 龍·151									
	 里8.477	 里8.1518	 里8.1624							
	 周(木)·1背									
饋	 睡·法129									223
饑	 嶽一·為吏21									224

饒	 里 8.55	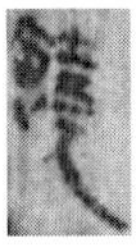 里 8.739 背	 里 9.816							224
贏	 里 8.533	 里 8.584	 里 8.2042							283
	 嶽二・數 204	 嶽二・數 209								
	 睡・秦種 29	 睡・效 34	 睡・法 206	 睡・日乙 15						
	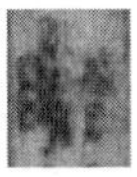 放・日乙 244									
	 龍・116									
	 周・50									
寶	 睡・法 197									348
	 放・日乙 52									

	 龍·2									
襦	 里 8.1356	 里 9.1207	 里 9.2236							398
屬	 里 8.34	 里 8.63	 里 8.523	 里 8.1645	 里 9.2305					406
	 嶽五·律貳 20	 嶽五·律貳 149								
	 睡·法 176									
覺	 嶽三·猩 58	 嶽三·芮 76	 嶽四·律壹 158	 嶽五·律貳 23						413
	 睡·法 10	 睡·日乙 194								
顗	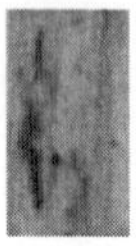 放·日乙 231									425

騶	 睡・秦雜 3									472
騷	 里 8.894	 里 9.1198								472
	 嶽一・為吏 76	 嶽四・律壹 232								
	 睡・法 179									
	 放・日乙 295	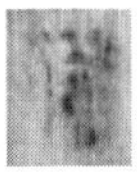 放・志 7								
騰	 里 5.1	 里 6.25	 里 8.1564	 里 9.1 背	 里 9.7 背	 里 9.8 背	 里 9.1082			473
	 嶽一・34 質 5	 嶽一・34 質 19								
	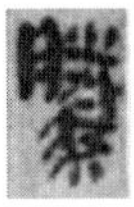 睡・語 4	 睡・封 14								
灋	 里 8.1200 背 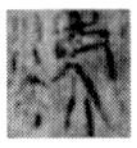	 里 8.1588								474

囂	 睡・秦種 4									475
	 龍・33A									
獻	 里 8.855	 里 8.1022	 里 8.1438 背	 里 9.31	 里 9.77	 里 9.473	 里 9.718			480
	 嶽五・律貳 305									
	 睡・秦種 64	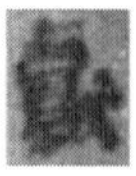 睡・秦雜 19	 睡・日甲 64							
	 周・327									
黨	 睡・封 69									493
黥	 嶽三・癸 13	 嶽三・猩 45	 嶽三・猩 60	 嶽四・律壹 38	 嶽五・律貳 8					494
	 睡・法 35	 睡・法 120								

	 龍·108									
闌	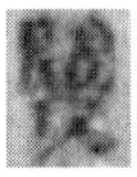 睡·秦種147									594
	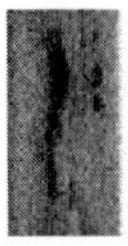 嶽四·律壹168									
甗	 里8.2246									644
繹	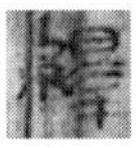 里8.69	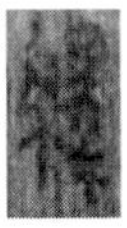 里8.759	 里8.1101							650
續	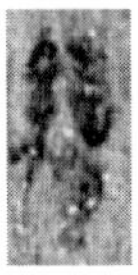 里5.1	 里8.1517								652
勸	 嶽一·為吏86	 嶽三·同149	 嶽三·魏170							706
	 里9.169	 里9.479								
鐘	 嶽一·占夢5	 嶽五·律貳316								716

	 里 9.1561									
	 睡・秦種 125									
	 放・日乙 179	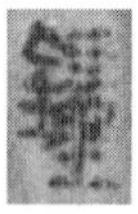 放・日乙 255	 放・日乙 260	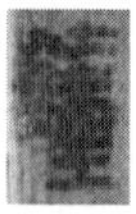 放・日乙 287	 放・日乙 321					
鐔	 里 8.1373	 里 9.26	 里 9.464							717
轙	 里 8.2255									733
醴	 里 8.2319									754
	 睡・日乙 240									
糴	 嶽二・數 148									
	 里 9.1560									

曆	 睡・秦種 8									
轂	 睡・秦種 4									
	 里 9.1289									
憯	 里 8.1237									
顡	 嶽四・律一 89	 嶽四・律一 103								
鐵	 嶽四・律一 361									
⿰鬲隹	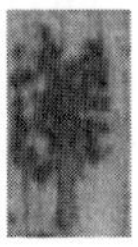 放・日乙 234									
鬷	 周・132	 周・243	 周・263							
⿰木農	 里 9.1551									

醙	 里 9.2076									
騎	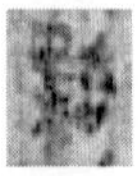 里 9.892									
髗	 睡・日乙 251									
遽	 睡・日甲 97 背									

二十一畫

	字例									頁碼
蘭	 里 8.752									25
蘠	 嶽四·律壹 169									36
	 睡·為 15	 睡·日甲 137 背								
蘜	 里 9.1081									36
蘩	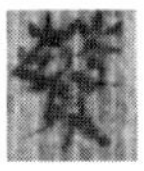 里 8.307	 里 8.466								47
囂	 嶽四·律壹 342									87
譽	 睡·法 51									95
護	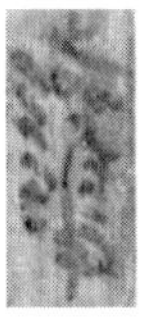 里 8.1692	 里 9.169								95

譴	 里 9.77									100
	 睡・日乙 168	 睡・日乙 174								
檽	 里 9.731									258
鬊	 里 8.383	 里 8.1548								278
	 睡・秦種 102	 睡・秦種 104	 睡・效 45	 睡・效 46	 睡・日乙 67	 睡・封 59				
齎	 里 5.1	 里 8.1168								282
	 嶽三・學 216	 嶽四・律壹 121								
	 睡・秦種 103	 睡・秦種 177	 睡・效 39							
霸	 嶽三・芮 68									316

竈	 里 8.752									347
	 嶽一·27 質 31									
	 睡·法 192	 睡·日甲 95 背	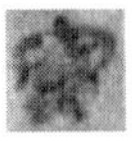 睡·日甲 113 背	 睡·日乙 40						
	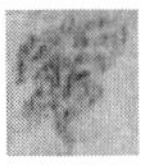 山·2									
屬	 嶽四·律壹 8	 嶽四·律壹 77	 嶽四·律壹 147							406
	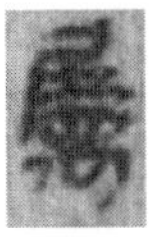 睡·秦種 195	 睡·秦種 201	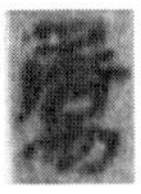 睡·效 53							
顧	 嶽一·為吏 41	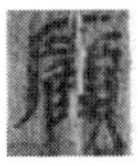 嶽三·芮 75	 嶽四·律壹 367							423
	 睡·法 89									
	 放·日乙 319									

巍	 里 8.1070	 里 9.1411							441
廱	 里 8.1811	 里 9.249							447
鶩	 嶽一・為吏 35								467
	 里 9.150								
驀	 睡・秦雜 10	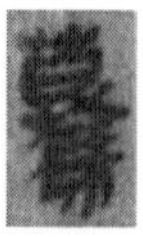 睡・秦雜 9							469
驂	 嶽四・律壹 313	 嶽五・律貳 261							469
騶	 里 8.209								472
灋	 嶽二・數 145	 嶽三・癸 15	 嶽四・律壹 18	 嶽四・律壹 23	 嶽五・律貳 40	 嶽五・律貳 41			474
	 里 9.26	 里 9.3161							

	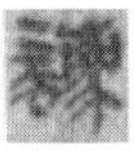 睡·語2	 睡·語4	 睡·秦種153	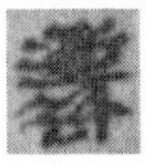 睡·效35	 睡·為46	 睡·日甲99				
	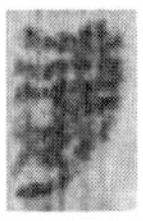 放·日乙95									
	 龍·44	 龍·133								
懼	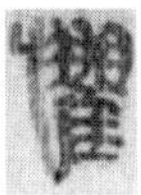 睡·為7									510
蘯	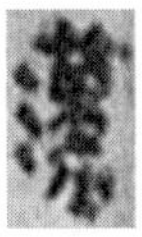 里8.135									532
灌	 里8.162									536
	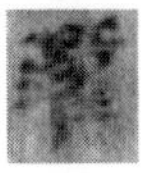 睡·日甲116背									
	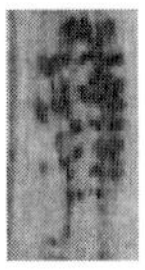 放·日乙75									
	 龍·1									

濯	 里 9.18 65									538
露	 周・348									579
甗	 嶽五・律貳 257									644
績	 里 8.50	 里 9.11 14	 里 9.18 86							652
	 嶽四・律壹 361									
	 睡・秦種 201	 睡・為 6	 睡・日乙 197	 睡・日乙 199						
纏	 嶽五・律貳 103									653
	 睡・秦種 131									
纍	 放・日乙 346									663

蠹	 睡·日甲 121背									682
鐵	 里8.386	 里9.465 背	 里 9.1146							709
	 嶽二· 數158	 嶽四·律 壹171								
	 睡·秦 種86	 睡·秦 雜23	 睡·日甲 127背							
	 周·15	 周·17								
鐸	 睡·日甲 134背									716
辯	 睡·為 15									749
醴	 嶽三· 猩48	 嶽三· 猩55								754
鑴	 里8.454									
纍	 嶽一· 為吏58									

巍	 嶽三·巍159	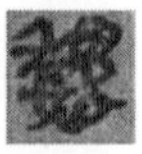 嶽三·巍166								
	 睡·葉29	 睡·葉15	 睡·為28	 睡·為21						
[illegible]	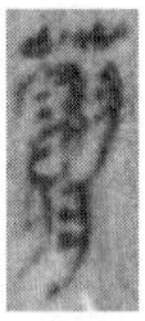 睡·秦種 88									
羈	 睡·秦種 188									
	 周·142									
蘚	 睡·秦雜 25									
鐶	 里 8.410	 里 9.750								
賣	 睡·法203									
響	 周·369									

䡶	 里 9.20 58								
癕	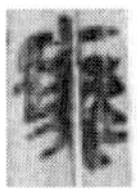 睡·日甲 110 背								
⿰韋番	 睡·日 甲 86 背								
⿰鬳頁	 睡·日 甲 114	 睡·日 甲 130							

二十二畫

	字例									頁碼
讀	 里8.775									91
	 嶽三．學228	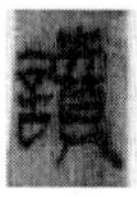 嶽五·律貳201								
	 龍·66									
讂	 里8.944	 里9.982	 里9.1227	 里9.1652	 里9.2323					101
	 嶽五．律貳19	 嶽五．律貳20								
	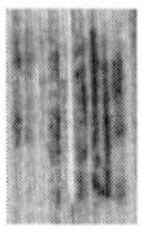 睡．封36									
龔	 嶽一．為吏32									105
鬻	 里 9.19背	 里9.1961								113

	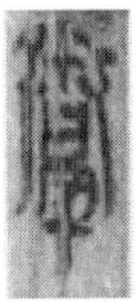 周・309	 周・310	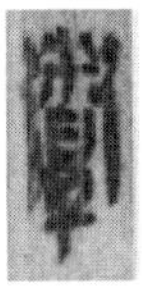 周・312							
鶩	 里 9.31	 里 9.33 37								157
臞	 里 8.477	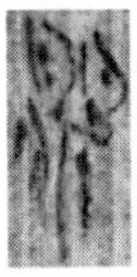 里 8.20 49 背	 里 9.21 背							173
糴	 里 9.249									226
麴	 睡・秦種 43									234
權	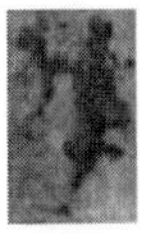 里 8.386									248
	 嶽一・為吏 84									
	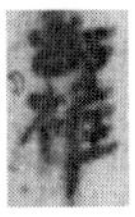 睡・封 65	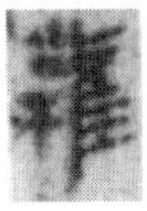 睡・封 67	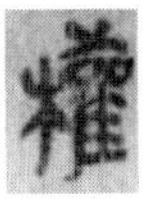 睡・為 27							
	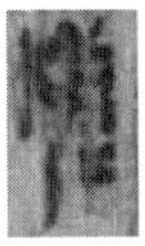 放・日乙 330									

囊	 睡・日甲 8 背									279
贖	 里 8.775	 里 8.884	 里 8.1958	 里 9.97						284
	 嶽二・數 82	 嶽三・癸 13	 嶽四・律壹 23	 嶽四·律壹 263	 嶽五・律貳 96	 嶽五·律貳 172				
	 睡・秦種 61	 睡・秦種 133	 睡・秦種 135	 睡・法 31						
	 龍・109	 龍・121								
酈	 里 8.316									303
穰	 里 9.1610									329
襲	 里 8.753 背	 里 8.1518	 里 8.1560	 里 8.1721	 里 9.1887					385

	 睡・法 105	 睡·日甲 132背								
	 龍・4									
顫	 里9.22 87背									426
驕	 里8.657 背									468
	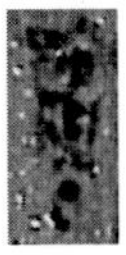 嶽一・ 為吏28									
	 睡・為 25	 睡・為 38	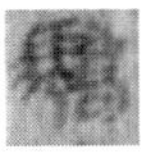 睡・日 甲102							
灑	 里8.529									570
	 嶽一・ 占夢31									
聽	 里8.69	 里8.133	 里8.135	 里8.213	 里8.600	 里9.9				598

	 嶽一·為吏 1	 嶽三·癸 20	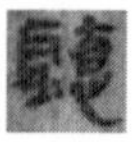 嶽三·得 181	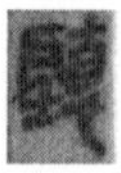 嶽三·得 178	 嶽四·律壹 31	 嶽四·律壹 132	 嶽四·律壹 221	 嶽五·律貳 33	 嶽五·律貳 156	
	 睡·秦種 159	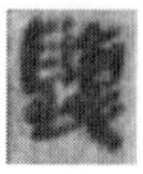 睡·秦雜 4	 睡·法 107	 睡·為 15	 睡·日甲 161					
	 放·日甲 57	 放·日甲 61	 放·日乙 38	 放·日乙 40B						
	 周·248	 周·249	 周·250							
鬻	 睡·6									686
龔	 睡·日甲 117 背									672
鑄	 嶽一·占夢 5	 嶽四·律壹 362								710
	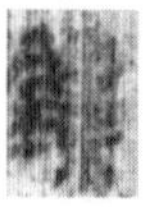 睡·封 19	 睡·日甲 154 背								
歡	 嶽三·芮 70									

	 里 9.11 29									
襬	 嶽一・ 為吏 49									
轓	 里 9.250									
鐉	 里 8.454									
饋	 睡・日 甲 86 背									

二十三畫

	字例									頁碼
齰	 里 8.533	 里 8.1938	 里 8.2137	 里 9.1138	 里 9.2755					80
齮	 里 9.358	 里 9.713	 里 9.2287							80
讎	 里 8.173									90
	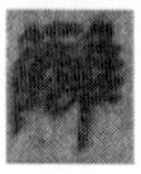 嶽三・同 143									
	 睡・秦種 37	 睡・秦種 199	 睡・日乙 87							
讋	 里 8.2181									100
變	 里 8.145	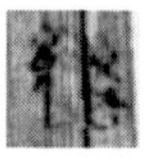 里 9.557	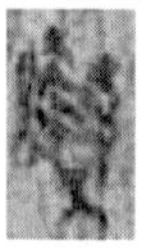 里 9.2289							125
	 嶽一・占夢 16									
	 睡・語 5	 睡・為 40								

	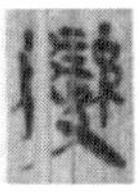 周·237									
體	 放·日乙219									168
籥	 里8.1900	 里9.465背	 里9.1297							192
	 嶽二·數119									
	 睡·法30									
籣	 里9.1547									198
竊	 嶽三·芮70	 嶽五·323								336
	 里9.517	 里9.1558	 里9.2299							
癰	 睡·封86									353

	 里 9.1861 背	 里 9.2131								
	 周・339									
顯	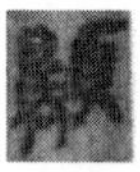 嶽三・同 147	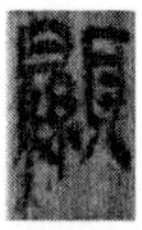 嶽五・律貳 53	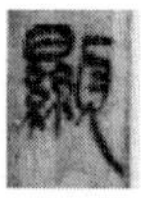 嶽五・律貳 87							426
	 里 9.762	 里 9.2287								
	 睡・法 191									
驚	 里 9.2289									471
鬄	 睡・法 152	 睡・日甲 98 背								483
攣	 嶽四・律壹 285									611
纓	 里 9.2291									659

蠱	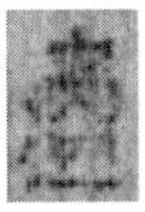 放・日乙 243	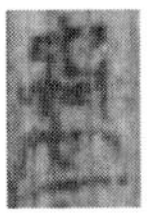 放・日乙 285								682
鑠	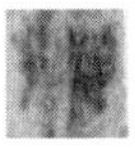 睡・秦種 26									710
虆	 里 9.2296									
讜	 里 8.665									
犨	 里 8.2019 背									
⿰氵獻	 嶽三・癸 30	 嶽三・癸 1	 嶽三・芮 62							
	 睡・秦種 121	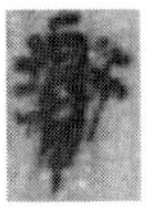 睡・秦種 122								
瀆	 睡・為 32	 睡・日甲 151 背								
⿰系魚	 睡・秦種 8									

二十四畫

	字例									頁碼
靈	 放·日乙259+245	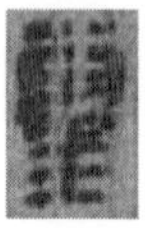 放·日乙 332								19
	 睡·日甲 26									
藿	 里 8.84背									27
讓	 嶽一·為吏 32									100
	 睡·為11									
鬭	 睡·法74	 睡·法81	 睡·封84	 睡·日乙 62						115
贛	 里 8.459	 里 8.1525	 里 8.2088	 里 9.86	 里 9.119	 里 9.971				283
顯	 里 8.36	 里 8.477	 里 8.1108							422

	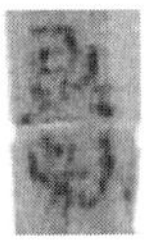 嶽二·學 216	 嶽二·學 222							
	 睡·為 23								
鹽	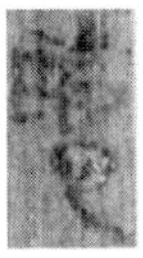 里 8.650	 里 9.5							592
	 嶽二·數 120	 嶽四·律壹 82	 嶽五·律貳 14	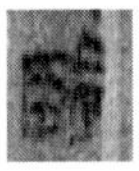 嶽五·律貳 309	 嶽五·律貳 310				
	 睡·秦種 182								
蠶	 里 9.966								681
	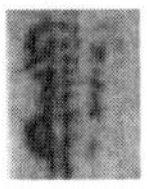 睡·日甲 94								
蠹	 睡·效 42								682
蘇	 里 8.982								

纞	 嶽四·律壹 109									
襽	 里 9.50 背	 里 9.209	 里 9.2291							
	 睡·日乙 87									

二十五畫

	字例									頁碼
臚	 周·150									188
	 里 9.1 背	 里 9.2 背	 里 9.7 背	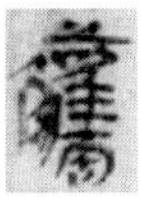 里 9.9 背	 里 9.10 背	 里 9.11 背				
欙	 睡·秦種 135									269
觀	 里 8.461	 里 9.228								412
	 睡·為 34									
蠻	 嶽五·律貳 171	 嶽五·律貳 177								680
	 里 9.3292									
鼉	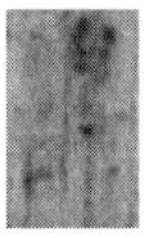 放·日乙 231									686
鐵	 嶽四·律壹 361									712

䰝	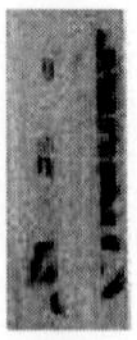 嶽四·律壹 346									
譖	 嶽五·律貳 19									

二十六畫

	字　　例									頁碼
繫	 里 9.766									337
臠	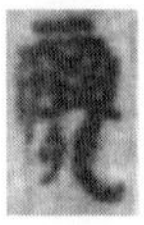 睡·秦種 4									

二十七畫

	字　　例									頁碼
鱸	 里 8.1705									
甗	  周·341									

二十八畫

	字例									頁碼
驩	 嶽一・癸3	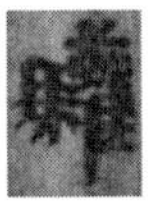 嶽三・田199								468
	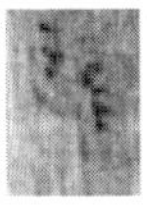 里9.1437背									
鑿	 睡・封76	 睡・日甲4	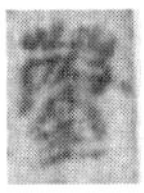 睡・日甲103	 睡・日乙17						713
	 嶽四・律壹109									

二十九畫

	字例									頁碼
鬱	 睡・封71									274
驪	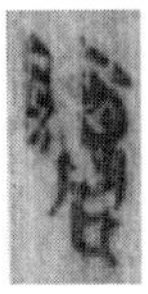 周・327									466

三十畫

	字例									頁碼
爨	 嶽三・田 199									106
	 睡・法 192	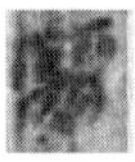 睡・日甲 67	 睡・日甲 112							
韅	 睡・法 179									

三十三畫

	字例									頁碼
麤	 嶽一・為吏 15									476

其他

	字例									頁碼
長木	 里 6.17									
十二	 嶽三・綰 242									

十三	 嶽二·數 153									
五十	 嶽二·數 99	 嶽二·數 127	 嶽四·律一 86							
	 睡·秦雜 18	 睡·秦雜 20								
六十	 嶽三·猩 60	 嶽三·芮 63	 嶽四·律一 19							
	 睡·法 1									
七十	 里 6.15	 里 6.23								
	 嶽二·數 29	 嶽二·數 143								
	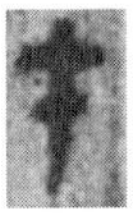 睡·秦種 94									
二月	 嶽三·尸 31									

三月	 嶽三·芮63									
四月	 嶽三·癸1	 睡·封17								
五月	 嶽三·尸31	 睡·封15								
六月	 嶽三·尸40									
八月	 嶽三·暨98	 嶽四·律一265								
九月	 嶽三·芮68	 嶽四·律一76	 嶽四·律一266							
十月	 嶽三·暨99	 嶽四·律一357	 睡·日甲35背							
十一月	 嶽三·芮64	 嶽三·芮73								

十二月	 嶽四·律一91									
月七	 里8.682									
大夫	 嶽三·芮62	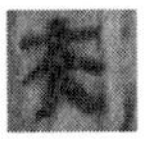 嶽三·田193	 嶽三·學233	 嶽五·律貳53						
	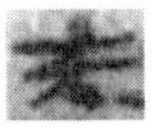 睡·法156	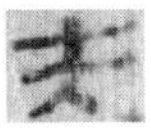 睡·法191								
日月	 嶽四·律一233									
營宮	 放·日乙172									
牽牛	 周·139									
	 睡·日甲155	 睡·日甲163背								
待釋字	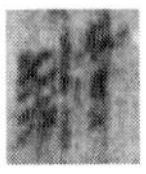 睡·葉37									
待釋字	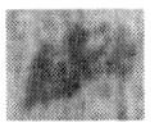 睡·葉44									

待釋字	 里 9.2309									
待釋字	 睡·日甲135背									

附錄二：筆畫檢索

一畫

一 293
丨 293
乀 293
乙 293

二畫

二 295
八 295
十 296
又 296
卜 296
刀 297
乃 297
入 297
人 298
匕 299
力 299
七 299
九 299
丁 300
了 300

三畫

上 301
下 301
三 302
士 303
小 303
口 303
干 304
丈 304
千 305
寸 305
刃 306
工 306
于 306
久 307
才 307
夕 308
巾 308
尸 308
山 308
丸 309
大 309
川 311
卂 311
女 311
也 311
弋 312
亡 313
弓 313
凡 313

土　314
己　315
子　315
巳　316
已　317
乞　317
　317

四畫

弌　318
天　318
元　318
王　318
气　319
中　319
屯　20
介　320
分　320
少　321
公　321
牛　322
止　322
廿　323
卅　323
父　324
夬　324
及　325
反　325
友　326
支　326
殳　326
予　327
互　327
曰　327
丹　328
井　328
今　329
內　329
木　330
市　330
之　330
日　331
月　332
凶　333
冗　333
仁　333
什　334
比　334
毛　334
尺　335
方　335
文　336
厄　336
勿　336
犬　337
火　337
夭　338
亢　338
夫　338
心　339
水　340
云　340
不　341
戶　341
孔　342
手　342
毋　343
戈　343
氏　343
无　344
匹　344
瓦　344
引　344
斤　344
斗　345
升　345
五　346
六　347
巴　347
壬　347
丑　348
午　348
　349
亓　349

五畫

示　349
玉　349
必　349
半　350

召	350
台	351
右	351
乏	351
正	352
只	352
句	352
古	354
世	354
冊	354
史	354
皮	355
占	355
用	356
目	357
幼	357
玄	357
肊	357
左	357
巨	358
巧	358
甘	359
可	359
平	360
去	360
主	361
矢	362
市	362
央	363
末	363
本	363
仗	364
札	364
出	364
生	365
囚	365
旦	365
外	366
夗	367
禾	367
朮	367
瓜	367
宂	368
穴	368
布	368
白	369
付	369
代	369
北	370
丘	370
尼	371
兄	371
司	371
卮	372
令	372
包	373
刊	373
斥	373
石	373
冉	374
犯	374
犮	375
立	375
氾	375
冬	375
失	375
母	376
奴	376
弗	377
民	377
氐	378
乍	378
匃	378
匜	378
瓦	379
弘	379
它	379
田	380
功	381
加	381
且	381
矛	381
四	381
丙	382
甲	383
戊	384
卯	384
申	385
以	385
未	386

匃 387
犰 387
孕 387

六畫

吏 388
艾 388
牝 388
名 389
吉 389
各 390
此 390
行 391
舌 392
丞 392
共 393
聿 393
歹 393
寺 393
兆 394
臣 394
收 394
百 395
自 395
羽 396
羊 396
再 397
死 398
肉 399
肎 399
列 399
刖 400
竹 400
式 400
血 401
刑 401
合 401
全 402
朱 402
朵 402
休 402
回 403
因 403
邛 403
早 403
多 404
束 404
夙 404
有 405
年 405
米 406
兇 406
宅 407
宇 407
安 408
守 408
同 409
企 409
伍 409
任 410
伊 410
伏 410
伐 410
艮 411
并 411
衣 411
考 412
老 412
匈 412
后 412
充 412
先 413
次 413
色 414
印 414
旬 415
危 415
而 416
灰 416
光 417
夸 417
夷 417
亦 418
交 418
江 419
池 419
汗 420
州 420
冰 420
至 421

西 421
耳 421
扜 421
妃 422
好 422
如 422
奸 423
戎 423
戍 423
匠 424
曲 424
糸 424
亙 424
地 424
在 425
虫 426
玕 426
成 426
存 427
字 427
亥 427
戌 428
 429
件 429
叐 429
帍 429
犴 429
 429
决 430
𢦏 430
吊 430
囟 430
汙 430
仮 430

七畫

壯 431
每 431
芋 431
芒 431
折 431
余 432
牡 432
牢 432
告 433
吻 433
含 434
吾 434
君 434
各 434
吝 435
局 435
走 435
步 435
廷 436
足 437
言 437
弄 438
兵 438
戒 439
役 439
更 439
改 440
攻 440
別 441
肝 441
肖 441
肘 442
利 442
角 442
巫 443
豆 443
即 443
矣 444
良 444
弟 445
坟 445
杏 445
杜 446
李 446
杕 446
材 446
杓 447
束 447
困 447
貝 448
邦 448
邑 448
岐 449
邪 450

旱	450
甬	450
秀	451
克	451
私	451
完	451
宋	452
呂	452
究	452
疕	452
佗	453
何	453
作	453
佁	454
但	454
身	454
孝	454
求	455
尾	455
兑	456
秃	456
見	456
岑	457
序	457
犯	457
豕	457
豸	458
免	458
犺	458
狄	459
狂	459
灼	459
赤	459
夾	459
吳	460
志	460
快	460
忘	460
忌	460
忍	461
沅	461
沂	462
沛	462
沙	462
沃	462
決	463
沒	463
沈	463
沐	463
汲	464
巠	464
谷	464
冶	465
門	465
扶	465
扼	465
把	465
抉	466
投	466
技	466
妘	466
佞	466
我	467
系	467
卵	467
均	467
坐	467
町	468
里	468
甸	469
助	469
男	469
車	470
阪	470
阬	471
阮	471
阦	471
辛	471
辰	472
酉	472
	473
忑	473
呆	473
戎	473
毁	473
剢	473
吉	474
佐	474
出	474
机	474

庰 474
汬 474
皀 474
孶 474
夈 475
希 475
阶 475
屄 475
 475
 475
匠 475
亜 475
圩 475
屎 476
咢 476

八畫

祀 477
社 477
叁 477
毒 477
芹 477
芮 478
芳 478
芥 478
尚 478
物 478
味 479
和 479
命 480
周 480
近 481
往 481
彼 482
延 482
糾 482
妾 483
具 483
忠 484
秉 484
叔 484
事 485
卑 485
取 486
斧 486
牧 487
卦 487
者 487
朋 488
於 488
放 489
爭 489
受 489
肺 490
肩 490
股 491
肥 491
肯 491
初 491
刻 492
券 492
制 492
刺 493
其 493
典 494
畀 494
奇 495
虎 495
卹 496
音 496
青 496
舍 496
知 497
京 497
享 497
來 498
麦 498
枋 498
柏 498
枚 498
果 499
枝 499
枉 499
牀 499
杵 499
杷 499
杼 499
采 500
析 500
林 500

東	500
困	501
固	501
邸	502
邯	502
昭	502
昏	502
昌	502
昔	503
昆	503
参	503
明	503
夜	503
函	504
版	504
秏	504
臽	504
臬	505
宣	505
定	505
宜	505
宛	506
宕	506
宗	506
罙	507
空	507
罔	507
兩	507
帚	508
佩	508
帛	508
依	508
佴	509
侍	509
佰	509
便	509
俗	510
使	510
咎	510
卓	510
幷	511
臥	511
卧	511
表	512
卒	512
居	513
屈	513
服	514
兒	514
欣	514
欿	514
卷	514
岡	514
府	515
長	515
豚	516
易	516
法	516
兔	516
狗	517
狀	517
戾	518
狐	518
炊	518
炎	518
炙	519
奄	519
奔	519
幸	519
並	520
念	520
怪	520
忿	520
河	521
沮	521
治	521
泥	522
泊	522
波	522
沼	522
注	523
泛	523
泱	523
泣	523
侃	523
雨	523
非	524
乳	524
到	525
房	525

門 526
抵 526
拈 526
抱 526
承 527
拓 527
拔 527
拙 527
姓 527
妻 528
姊 528
姑 528
始 529
委 529
姤 529
或 530
武 530
直 531
甾 531
弩 531
弦 532
亟 532
劾 532
金 533
所 534
官 535
阿 535
陁 535
附 535
陆 535
叕 536
庚 536
季 536
孤 537
孟 537
臾 537
朐 538
妶 538
抹 538
挟 538
臤 538
趶 538
契 538
延 539
柍 539
殎 539
迓 539
袜 529
屌 539
㣁 529
肮 539
昀 539
畁 539
杵 540
㚢 540
杯 540
陀 540
芝 540
肮 540
芹 540
臭 540
侢 540
奈 540
刣 541

九畫

帝 542
祖 542
祠 542
皇 542
苦 543
苐 543
茅 543
苞 543
英 544
茇 544
苗 544
苛 544
苑 545
若 545
春 546
牲 546
牴 546
咸 546
咼 547
哀 547
岠 547
癸 547
是 548
述 548

迣	548
待	549
後	549
建	549
律	550
品	550
扁	551
信	551
計	551
音	552
弇	552
要	552
革	553
為	553
度	554
卑	555
段	555
叚	555
敄	556
敺	556
故	556
政	557
貞	557
盱	557
相	557
眉	558
省	558
盾	559
皆	559
羿	560
美	560
爯	560
兹	561
爰	561
殆	561
胃	561
冑	562
胙	562
胡	562
胥	562
削	562
前	562
則	563
竿	563
甚	563
廼	564
壴	564
盈	564
穽	565
卽	565
既	565
食	565
矦	566
侯	566
亭	566
畐	567
厚	567
复	567
韋	568
柀	568
枸	568
柳	569
枳	569
某	569
柏	570
柢	570
柖	570
枯	570
柔	570
柱	571
枱	571
柄	571
柯	571
柧	571
枼	571
南	571
朿	572
剌	572
囿	572
負	573
郁	573
邽	573
郄	573
郅	573
巷	574
昧	574
昭	574
眗	574
施	574
星	574

秏	575
秋	575
枲	575
韭	576
室	576
宣	577
宧	577
客	577
穿	578
突	579
疫	579
疢	579
冠	579
冑	579
冒	579
帥	580
保	580
俊	580
侵	580
俗	580
係	580
促	580
重	581
袵	581
屋	581
屏	582
俞	582
疣	582
面	582
首	583
郤	584
禺	584
庠	584
易	585
耐	585
彖	585
狡	585
炭	586
奎	586
奏	586
契	587
耎	587
思	587
恢	587
恬	587
急	588
怠	588
怨	588
怒	588
洛	589
洋	589
衍	589
洞	589
洫	589
津	589
洗	590
染	590
流	590
泉	590
飛	590
指	590
拜	591
拾	591
挌	591
威	591
姨	592
姣	592
姽	592
娃	592
姘	592
匽	592
匩	592
匧	592
罠	592
紀	593
約	593
紅	593
虿	593
風	594
亟	594
恆	594
垣	595
封	595
城	596
垂	596
界	597
畇	597
勉	597
勇	597
俎	597

斫 598
軍 598
降 598
禹 598
亲 599
癸 599
徉 599
俖 599
耶 600
勆 600
图 600
建 600
狦 600
卿 600
庛 600
齿 600
寅 600
困 600
故 601
龟 601
勈 601
究 601
朐 601
豉 601
汹 601
胗 601
迵 601
彩 601
采 602
胜 602
恖 602
芾 602
带 602
匩 602
逑 620
姱 602
怘 602
柁 602
庲 603
延 603
村 603
剋 603
猗 603
备 603
蚩 603
豉 603
庢 603
庰 603
胈 604
苙 604
育 604
芝 604
娈 604
㛂 604
訃 604

十畫

旁 605
神 605
祖 606
祠 606
祝 606
祟 607
珥 607
珠 607
荅 607
茝 607
荑 607
荆 608
茲 608
芻 608
茮 609
荔 609
草 609
牷 610
問 610
唐 610
哭 610
起 611
迹 611
徒 612
逆 612
送 61
逃 613
追 613
徑 613
退 614
徐 614
訊 614
訏 614

鬲	615
俱	615
叟	615
書	615
效	616
政	616
窅	616
眚	616
羔	616
烏	616
菁	616
殊	617
骨	617
脅	617
脂	617
剛	617
剝	618
釗	618
耕	618
差	618
矩	618
迺	618
哥	618
豈	619
盍	619
射	619
益	620
盎	620
飤	620
飢	620
倉	621
缺	621
高	621
亳	622
夏	622
致	622
桀	623
乘	623
桂	623
桃	624
栩	624
桔	624
桐	624
根	624
格	624
栽	624
桓	625
案	625
校	625
桎	625
桑	625
師	626
索	626
員	626
圂	627
圄	627
財	627
貢	628
貣	628
郡	628
郤	629
郢	629
郛	629
晏	629
鄘	629
時	629
晉	630
旄	630
冥	630
旅	631
朔	631
栗	632
秫	632
秩	632
租	632
秦	633
秭	633
兼	633
粉	634
氣	634
卿	634
冢	635
傷	635
家	635
院	636
宰	636
宭	636
容	636
宵	636
害	637

宮 637
窊 638
窌 638
窋 638
窆 638
病 638
疾 639
⿸疒貝 639
冣 639
帶 639
帬 640
豹 640
席 640
倩 641
倨 641
俱 641
倚 641
倍 641
真 642
衽 642
袍 642
袪 642
袑 642
被 642
袁 643
衷 643
耆 643
衰 643
展 643
屒 644
般 644
庫 644
欬 645
修 645
弱 645
鬼 645
祙 646
庭 646
庶 646
破 646
豺 646
豻 647
馬 647
冤 647
臭 648
狼 648
能 648
皋 649
奘 649
竘 649
息 649
悍 650
悝 650
悔 650
恙 650
恐 650
涂 651
涓 651
涌 651
浮 651
渠 651
浞 652
消 652
浚 652
浴 652
泰 652
涉 653
原 653
凌 653
扇 653
拳 653
挾 653
捋 654
捕 654
捐 654
脊 654
姚 654
娠 654
娙 655
婓 655
畚 655
孫 655
紡 655
級 655
紙 656
素 656
蚤 656
畝 656
畛 657
畔 657

畜 657
留 657
劫 658
料 658
矜 658
陜 659
陘 659
陛 659
除 659
辱 660
酒 660
逌 660
畁 661
盍 661
栮 661
新 661
前 661
香 661
[illegible] 661
帮 661
釓 661
部 661
弄 662
[illegible] 662
郛 662
唐 662
臬 662
[illegible] 662
叙 662
卷 662
桉 662
晇 663
喉 663
[illegible] 663
敉 663
痓 663
狸 663
虒 663
畚 663
巸 663
[illegible] 663
娐 664
胻 664
[illegible] 664
威 664
宲 664
[illegible] 664
秙 664
紤 664
紱 664
時 665
候 665
朘 665
株 665
傳 665
胻 665
涊 665
亲 665
唇 665
殉 666
郘 666
蒸 666
迸 666
捍 666
祓 666
臭 666
桊 666

十一畫

祭 667
琅 667
莊 667
莠 667
莞 667
莨 667
莢 668
莎 668
茶 668
莽 668
莫 668
悉 669
啗 669
牽 669
庳 669
問 670
唯 670
赾 670
造 670
速 671
徙 671

通 671
逢 672
逋 672
連 673
迺 673
逐 673
得 674
術 674
御 675
商 675
笱 676
許 676
訢 676
章 677
異 677
訟 677
勒 678
孰 678
埶 678
曼 678
書 679
毆 679
殺 680
將 680
專 681
啟 681
啓 681
莒 682
赦 682
救 682
寇 682
敗 683
教 683
庸 683
爽 684
眯 684
習 684
翏 684
鳥 685
焉 685
畢 686
敖 686
脣 687
脫 687
脯 687
脩 687
副 688
符 688
笥 688
笞 689
第 689
曹 689
虖 690
盛 690
麥 690
梅 690
梓 691
梧 691
梗 691
梃 691
桯 691
栖 691
梯 692
梁 692
梜 692
梏 692
產 692
桼 693
巢 693
貨 693
責 693
販 694
貧 694
都 695
部 695
郪 696
郭 696
郜 696
晦 696
旌 697
旋 697
族 697
晨 697
參 698
栥 698
移 699
康 699
舂 699
麻 700
宿 700

寄	701	庶	709	捽	715
窓	701	豝	709	探	715
疵	701	豚	709	掇	716
痏	701	鹿	710	掖	716
痍	702	烰	710	娶	716
帶	702	尉	710	婦	716
帷	702	票	711	婢	717
常	702	悤	711	婐	717
敝	703	奢	711	婞	717
偞	703	執	711	婁	717
偕	703	規	711	婥	717
假	704	惜	711	或	718
便	704	患	712	羕	718
偏	704	涪	712	望	718
偽	704	深	712	匿	718
偃	705	淮	712	區	719
頃	705	淩	712	匬	719
從	705	渚	712	張	719
眾	706	清	712	紿	719
殷	706	淺	713	細	719
袍	706	淫	713	終	720
袤	706	涼	713	紺	720
袑	707	淳	713	組	720
被	707	減	714	絇	720
袠	707	扇	714	率	720
船	708	魚	714	強	721
欲	708	閉	715	蛇	721
崇	709	配	715	堵	721
密	709	捧	715	基	722
庾	709	掮	715	堂	722

埤 722
埱 722
堇 722
野 723
略 723
黃 723
務 723
悳 724
釦 724
處 724
斬 725
陸 725
陵 725
陰 726
陙 726
陷 727
陶 727
陳 727
乾 727
疏 728
羞 728
寅 728
郣 729
鈹 729
唐 729
焜 729
梖 729
釪 729
昃 730
胄 730
㝡 730
罨 730
帯 730
陡 730
絃 731
翃 731
都 731
娍 731
舶 731
犁 731
䝬 731
傍 731
傷 731
鈷 732
貫 732
掾 732
訮 732
㞋 732
結 732
痒 732
慾 733
㝡 733
蒃 733
圈 733
猊 733
佩 734
柞 734
婁 734
訞 734
猇 734
䏞 734
貴 734
烟 734
晇 734
結 734
訽 735
欿 735
殽 735
叔 735
埜 735
㚇 735
菜 735
絜 735
犾 735
寍 735
埶 736
脇 736
梌 736
豻 736
掓 736

十二畫

祿 737
閏 737
堉 737
菅 737
湗 737

菌	737
萃	737
菆	738
番	738
犀	738
喙	738
啻	738
單	738
喪	739
超	739
越	739
趆	740
登	740
進	740
逮	740
循	741
復	741
街	742
矞	742
博	743
詠	743
詑	743
詒	743
詛	743
訶	743
詐	743
詷	744
診	744
詘	744
詢	744
善	744
童	745
肅	745
畫	746
筆	746
堅	746
殽	746
尋	746
敞	747
敦	747
智	747
翕	748
雅	748
雋	748
雄	749
集	749
棄	749
幾	750
惠	750
舒	750
敢	750
脾	751
隋	751
散	752
腏	752
筋	752
割	753
剸	753
觚	753
等	753
笿	754
筑	754
奠	754
喜	754
彭	755
尌	755
飯	755
餂	755
短	756
就	756
覃	756
椆	757
棫	757
楰	757
椑	757
棧	757
棓	757
椎	757
棱	757
棺	758
貿	758
華	758
圍	759
賁	759
貸	759
賀	759
貳	760
貴	760
貰	760
買	761

費 761
郵 762
郫 762
鄉 762
暑 763
腊 763
朝 763
游 764
期 764
粟 764
棘 765
棗 765
稀 765
稅 765
稍 766
程 766
黍 767
菽 767
富 767
惌 768
寒 768
寓 769
窗 769
痛 769
痤 769
痞 769
最 769
詈 770
幅 770
幃 770
晳 770
備 770
傅 771
虛 771
量 771
補 772
屚 772
視 772
款 773
欽 773
飲 773
盜 773
項 774
順 774
須 775
詞 775
廏 775
廁 776
厥 776
㲋 776
象 776
馮 776
馳 777
猩 777
猲 777
猶 777
然 777
焚 777
焦 778
黑 778
喬 778
壺 779
壹 779
報 779
愓 780
惆 780
惰 780
惑 780
惡 780
悲 781
渭 781
溉 781
渙 781
湍 781
渠 782
渡 782
渴 782
湯 782
渫 783
減 783
棲 783
雲 783
開 784
閒 784
提 784
掾 785
擊 785
揚 785
揭 785
揄 785

援	786
媯	786
媚	786
婺	786
戟	786
琴	787
無	787
發	787
絕	788
結	789
給	789
絢	790
絝	790
絳	790
絮	790
絡	790
絜	790
絲	791
蛣	791
堪	791
堤	791
塞	791
場	792
堯	792
晦	792
黃	792
勞	493
勝	793
飭	793
鈞	793
鉅	794
斯	794
軺	794
軫	794
軵	795
陽	795
隅	795
隄	796
隃	796
陲	796
絫	796
逵	796
辜	796
孱	797
酢	797
尊	797
𢦏	797
萛	797
答	797
嶘	797
箭	797
詔	797
茉	798
軲	798
桥	798
絨	798
棫	798
急	798
軽	798
莽	798
窨	799
睌	799
輩	799
間	799
蔄	799
戟	799
䖵	799
閔	799
羨	800
堰	800
遂	800
㝡	800
飯	800
敹	800
罨	800
輩	800
剡	801
腔	801
堙	801
堨	801
睆	801
猴	801
猶	801
冢	801
漬	801
譶	802
茖	802
𢦏	802
跕	802

閗	802
	802
絨	802
愔	802
軹	802
甯	803
㾔	803
造	803
𢍓	803
隐	803
㨖	803
腤	803
楮	803
渜	803
衕	803
待	804
菌	804
臬	804
勎	804
傘	804
禽	804
翏	804
晋	804
閑	804

十三畫

福	805
祿	805
禁	805
瑕	806
葵	806
葴	806
葉	806
葦	806
葆	807
葬	807
詹	808
嗛	808
殼	808
堹	808
歲	808
跡	809
過	809
遇	810
運	810
達	810
遂	811
遏	811
遻	811
道	811
微	812
跨	813
杲	813
路	813
鉤	813
誠	814
試	814
詷	814
詣	814
誙	815
訾	815
誇	815
詰	815
誅	816
與	816
農	816
靳	817
肄	817
殿	817
睘	817
雉	817
雍	818
群	818
羣	818
睢	819
敫	819
腎	819
腸	819
腹	819
剽	820
解	820
節	820
筮	821
筥	821
筭	821
號	822
鼓	822
虞	822
飽	823

會 823
亶 823
嗇 823
稟 824
楢 824
楊 824
榆 824
極 825
楗 825
椯 825
椱 825
楫 825
槎 825
楬 825
楚 825
園 826
賁 826
資 826
賈 827
賃 827
貲 827
遊 828
盟 828
虜 828
腧 828
牒 829
鼎 829
稙 829
稠 829
稗 829
粱 829
粲 830
索 830
窞 830
窣 830
痹 831
罪 831
置 831
署 832
勝 832
幏 832
晢 832
傳 832
僞 833
傷 833
僂 834
腦 834
裏 834
裂 835
裝 835
褭 835
補 835
裘 835
歇 835
歁 835
羨 836
既 836
頎 836
煩 836
剸 836
髡 836
絜 836
辟 837
敬 837
廉 838
肆 838
狠 838
彙 839
豹 839
貉 839
馳 839
鼠 839
靖 840
意 840
慎 840
愛 841
感 841
溫 841
溥 841
滔 842
滂 842
淵 842
滑 842
溝 842
溲 842
雷 842
零 842
聘 842
聖 843
損 843

搒 843
嫁 843
媱 844
賊 844
義 844
瑟 845
甄 845
經 845
綏 845
蜀 845
塞 845
毀 846
畸 846
當 846
募 847
勢 847
鈹 848
鉥 848
鉗 848
鉦 848
新 848
輅 849
輷 849
載 849
隗 849
隕 849
隔 849
萬 849
亂 850
辠 850
孱 851
鈷 851
貉 851
裝 851
袁 851
衙 851
庳 852
裚 852
塗 852
窨 852
毄 852
僃 853
㝅 853
詢 853
桊 853
愈 853
幏 853
擊 854
晵 854
閜 854
暈 854
穀 854
腞 854
痽 854
霎 854
歃 855
蓆 855
飫 855
搕 855
郡 855
椑 855
煗 855
睱 855
肄 855
意 855
菽 856
廖 856
椴 856
 856
飼 856
餘 856
脊 856
陰 856
勛 856
猺 856
瑋 857
豦 857
埶 857
庳 857
遂 857
遭 857
椯 857
踦 857
葉 857
憂 858
惪 858

十四畫

福 859

禍 859
瑣 859
蒲 859
蒐 859
蒼 860
蒔 860
蓋 860
蒸 861
蒙 861
蒿 861
蓄 861
蓐 861
犖 862
噓 862
趙 862
遝 862
遣 863
遠 863
語 864
誨 864
說 865
誧 865
誣 865
詐 865
誤 866
對 866
僕 866
與 867
鞅 867
臧 867
轂 868
徹 868
瞀 869
鼻 869
翠 869
翥 869
翟 869
雒 870
奪 870
雌 870
鳳 871
鳶 871
鳴 871
疐 871
膏 871
罰 871
耤 872
箸 872
箕 872
嘗 873
寧 873
嘉 873
盡 874
舞 874
槐 875
榮 875
榣 875
槀 87
榦 876
槍 876
槃 876
⿰木叟 876
圖 876
賓 876
鄙 877
鄲 877
鄢 877
鄗 877
暨 877
旗 877
夢 878
齊 878
牒 878
種 879
稱 879
粺 879
精 879
察 879
實 880
寡 880
寤 881
瘇 881
瘧 881
幣 881
幕 881
僨 881
偃 881
僰 882
塈 882
聚 882

監	882
裏	883
壽	883
褚	884
兢	884
歌	884
領	884
誘	885
廐	885
廄	885
厭	885
豪	885
貍	886
駃	886
獄	886
熊	887
熅	887
熙	887
熒	887
赫	887
端	887
竭	888
愿	888
漢	888
漸	888
聞	888
滎	888
漚	888
漬	889
滫	889
漕	889
粼	889
需	889
漁	889
臺	890
聞	890
捧	890
摻	890
嫗	891
婺	891
匱	891
甄	891
緒	891
綺	891
練	891
綰	891
綠	892
綦	892
綬	892
綸	892
綽	892
蝕	893
塾	893
墓	893
暘	893
銅	893
銜	893
輕	894
輒	894
輓	895
障	895
疑	895
酸	895
鞞	895
蓋	896
𩲅	896
穀	896
㬱	896
郭	896
粼	896
悥	896
諔	896
魃	896
辭	897
嫭	897
篇	897
廠	897
賁	897
馱	897
獿	897
禓	897
繇	897
䀈	898
壐	898
樛	898
鋒	898
墼	898
認	898
穀	898
捧	898

榘 898
戧 898
廔 899
厮 899
 899
𣘯 899
䋲 899
䚀 899
睾 899
歊 899
魃 899
 899
縈 900
孹 900
徼 900
戟 900
漆 900
搸 900
鄭 900
牖 900
瘵 900
遣 900
跬 901
悳 901
𧿹 901

十五畫

蔨 902
瞋 902
蔓 902
蔽 902
蔡 902
蔥 903
蓬 903
審 903
噴 903
趣 904
歷 904
適 904
遷 904
遫 904
遮 905
德 905
徸 905
衝 905
衛 905
齒 906
踐 906
諒 907
請 907
談 907
諸 908
論 908
課 909
調 909
諆 909
誶 909
誰 909
臧 910
毆 910
徹 910
數 910
敵 911
罷 911
魯 911
奭 911
翦 912
羭 912
鴈 912
殤 912
膚 912
膠 912
劈 912
劍 913
耦 913
箭 913
箬 913
篇 913
箴 913
箾 913
箠 914
養 914
餔 914
餘 914
餓 915
憂 915
磔 916
樓 916
樂 916
槧 916

橋	916
㯌	917
賣	917
稽	917
賁	918
賀	918
賢	918
賜	918
賞	919
質	919
賦	920
賤	920
鄰	921
鄭	921
鄲	922
鄧	922
暴	922
牖	922
稼	923
稗	923
稷	923
稻	923
稾	924
穀	924
粺	925
寬	925
寫	925
窯	926
賓	926
窮	926
瘢	926
罷	927
䑶	927
儋	927
儉	927
徵	927
監	927
褎	928
褆	928
複	928
褐	928
履	928
歐	929
歙	929
頡	929
髮	929
廚	930
廡	930
廣	930
廢	931
廟	931
厲	931
豬	932
駒	932
駕	932
駟	933
駔	933
麃	933
獎	933
熱	933
慮	934
慤	934
慧	934
慶	934
潼	935
潰	935
瀆	935
潦	935
震	935
潛	935
澍	935
潘	936
霄	936
閭	936
閬	936
閼	936
閱	936
摯	937
撫	937
撓	937
撟	937
婁	938
嬈	938
戮	938
緯	938
緹	938
緣	938
緘	939
編	939
緼	939

緡 939
紨 939
緩 939
蝒 939
蝠 939
墨 940
增 940
堇 940
勱 940
鋈 940
銷 941
鋪 941
鄿 941
輬 941
輪 941
範 942
輗 942
隤 942
墮 942
辤 942
醇 942
醉 943
朢 943
嶒 943
樛 943
圚 943
豩 943
僳 943
儌 943
駠 943
罿 943
駋 944
歐 944
劇 944
篛 944
粼 944
獡 944
絜 944
㪇 944
醜 944
潰 945
隧 945
熟 945
墼 945
墼 945
賊 945
槫 945
潔 945
駝 946
墼 946
墼 946
畾 946
毆 946
韋 946
磐 946
簈 946
擿 947
褎 947
糒 947
輪 947
蕽 947
劇 947
埶 947
霈 947
癄 947
祺 948
隮 948

十六畫

蕭 949
蕃 949
機 949
隨 949
遺 949
徹 950
衞 950
器 950
謁 951
謂 951
諭 952
謀 952
諶 953
諈 953
諰 953
諯 953
諜 953
興 953
虞 954
豎 954
整 954

學	954
鴠	954
翰	955
闍	955
奮	955
瞢	955
餓	955
辦	955
辨	955
劓	956
衡	956
觱	956
憙	956
盧	957
靜	957
館	957
廩	957
橘	957
樻	957
樺	957
橎	958
樹	958
築	958
橋	958
横	958
穤	959
橐	959
圜	959
賢	959
賴	960
穋	960
穎	960
積	960
黎	961
糗	961
寠	961
瘳	961
錦	962
褭	962
褢	962
親	962
頭	963
頸	963
頰	964
頯	964
縣	964
簋	965
廦	965
廥	965
磨	966
豫	966
駱	966
篤	966
麇	966
獨	967
燒	967
燔	967
黔	968
憲	968
憖	968
澤	969
鮯	969
燕	969
龍	969
閻	970
閹	970
頤	970
操	970
據	971
擇	971
舉	971
擅	972
嬗	972
戰	972
匴	973
甌	973
彊	973
縛	973
縑	974
龜	974
壁	974
墼	974
墜	974
勶	974
錄	975
錮	975
錯	975
錡	975
錢	975
錐	976

輻 976
輸 976
險 977
蹂 977
辥 977
薀 977
繇 977
鬼 977
覣 977
粗 978
嶂 978
[illegible] 978
輟 978
墾 978
幢 978
輦 978
儈 979
獧 979
緻 979
辦 979
鞔 979
擯 979
瞙 979
暜 979
壅 979
篚 979
篠 980
篜 980
縿 980
轂 980
鴈 980
遺 980
彈 980
綼 980
厲 981
辪 981

十七畫

齋 982
禪 982
環 982
薛 983
薏 983
薄 983
薪 983
趨 984
避 984
遽 984
蹇 984
龠 984
謙 985
謝 985
膽 985
謗 985
鞞 985
鞠 985
隸 986
斂 986
瞁 986
瞫 986
噂 987
糞 987
膽 987
臂 987
膻 988
簍 988
簏 988
爵 988
矯 988
矰 988
牆 989
臢 989
韓 989
橿 989
檀 989
檢 989
檄 990
購 990
穉 990
穜 990
縻 991
戲 991
營 991
澌 992
癈 992
瘴 992
幭 992
儠 992
償 992
臨 993

襄	993
襍	993
氈	994
屨	994
歐	994
醜	994
豲	994
檗	994
薦	995
毚	995
獲	995
毀	996
燭	996
燥	996
黚	996
應	996
濮	997
濕	997
濡	997
濞	997
谿	997
霜	997
鮫	998
鮮	998
翼	998
闌	998
聯	999
聲	999
舉	999
擊	1000
嬰	100
戲	1000
繇	1001
縱	1001
總	1001
縵	1001
繆	1002
雖	1002
蟄	1002
竈	1002
鍇	1003
鍱	1003
錘	1003
鍭	1003
轀	1003
輿	1003
轅	1004
隱	1004
䌛	1004
雜	1004
繪	1004
類	1004
懫	1005
爰	1005
篷	1005
饋	1005
𩓚	1005
鐵	1005
遞	1005
盬	1005
瘚	1006
糙	1006
錫	1006
鞞	1006
竆	1006
盬	1006
踆	1006
輻	1006
簉	1006
體	1007
衛	1007
軀	1007
廦	1007
藁	1007
謼	1007
穜	1007
歛	1007
醘	1008
鵻	1008
籔	1008
膝	1008
瞶	1008
虢	1008
饋	1008
㾷	1008
體	1008
獾	1008
瘇	1008
鬴	1009
截	1009

𦒿	1009
戴	1009
𦒿	1009
鄺	1009
謞	1009

十八畫

禮	1010
歸	1010
謹	1011
謼	1011
謳	1011
謦	1012
謾	1012
叢	1012
鞮	1012
鞏	1012
雞	1012
魋	1013
藋	1013
臑	1013
簡	1013
醯	1013
櫵	1014
贅	1014
糧	1014
竄	1014
癘	1014
覆	1015
禱	105
襆	1015
雜	1015
簪	1016
顏	1016
軀	1016
騎	1016
鞫	1017
縈	1017
瀆	1017
鯉	1017
闔	1017
闕	1018
職	1018
聶	1018
織	1018
繞	1019
繚	1019
繒	1019
繕	1019
繘	1019
鎣	1019
黽	1020
鳌	1020
斷	1020
轉	1020
醫	1021
醬	1021
輸	1021
魏	1021
簦	1022
鷔	1022
虉	1022
辭	1022
獵	1022
瞻	1023
穜	1023
闖	1023
繡	1023
藉	1023
旞	1023
騠	1023
醸	1023
蟲	1023
顏	1024
闐	1024
翳	1024
騅	1024
櫼	1024
癖	1024
衝	1024
懇	1025
甏	1025
巂	1025
矆	1025
隸	1025
鞴	1026
魋	1026
黠	1026
頯	1026
騍	1026

幭	1026
擯	1026
䡟	1026
㬥	1027
𦦝	1027

十九畫

禱	1028
瓊	1028
藍	1028
藥	1028
檾	1028
犢	1029
嚴	1029
邋	1029
邊	1029
譔	1030
識	1030
譊	1030
䜌	1030
譖	1030
龏	1030
羹	1030
離	1031
羸	1031
難	1032
臘	1032
齋	1032
櫟	1032
櫝	1033
贊	1033
竈	1033
旞	1033
牘	1033
穤	1034
穫	1034
糲	1034
寵	1034
竆	1034
癡	1034
羅	1035
襦	1035
穦	1035
顛	1035
願	1035
鬊	1036
廬	1036
礜	1036
麗	1036
類	1036
懷	1037
鯨	1037
靡	1037
周	1038
擾	1038
繭	1039
繹	1039
繩	1039
繳	1039
繴	1039
繫	1039
薑	1039
璽	1040
壞	1040
疇	1040
疆	1041
隴	1041
獸	1041
辭	1041
孽	1042
齍	1042
簿	1042
蹱	1042
檾	1042
韓	1042
歡	1042
臀	1043
轎	1043
饑	1043
癮	1043
雝	1043
甕	1043
鯖	1043
𧹞	1043
鮟	1044
櫐	1044
纍	1044
韓	1044

二十畫

蘇	1045
藺	1045
釋	1045
齟	1045
議	1045
譴	1045
競	1045
觸	1046
觽	1046
籍	1046
饋	1046
饑	1046
饒	1047
贏	1047
寶	1047
襦	1048
屬	1048
覺	1048
顗	1048
騶	1049
騷	1049
騰	1049
瀼	1049
[illegible]	1050
獻	1050
黨	1050
黥	1050
闠	1051
甗	1051
繹	1051
繽	1051
勸	1051
鐘	1051
鐔	1052
轙	1052
醴	1052
耀	1052
蘼	1053
轂	1053
憯	1053
顱	1053
鐖	1053
齙	1053
鬆	1053
欕	1053
醿	1054
黥	1054
髖	1054
遽	1054

二十一畫

蘭	1055
蘠	1055
蘜	1055
蘩	1055
囂	1055
譽	1055
護	1055
譴	1056
櫺	1056
鬃	1056
齎	1056
霸	1056
竈	1057
屬	1057
顧	1057
巍	1058
靡	1058
鶩	1058
驀	1058
驂	1058
騶	1058
瀼	1058
懼	1059
蘯	1059
灌	1059
濯	1059
露	1060
甗	1060
續	1060
纏	1060
纍	1060
蠢	1061
鐵	1061
鐸	1061
辯	1061
醴	1061
鑴	1061
纍	1061

巍	1062
巂	1062
羈	1062
蘚	1062
鐶	1062
霣	1062
響	1063
[illegible]	1063
[illegible]	1063
轓	1063
額	1063

二十二畫

讀	1064
讂	1064
龔	1064
鬻	1064
鷩	1065
臞	1065
糴	1065
[illegible]	1065
權	1065
囊	1066
贖	1066
酈	1066
穰	1066
襲	1066
顫	1067
驕	1067
灑	1067
聽	1067
鱉	1068
聾	1068
鑄	1068
歡	1068
[illegible]	1069
[illegible]	1069
[illegible]	1069
饡	1069

二十三畫

齰	1070
齮	1070
饑	1070
讐	1070
變	1070
體	1071
籥	1071
籣	1071
竊	1071
癰	1071
顯	1072
驚	1072
鬖	1072
攣	1072
纓	1072
蠱	1073
鑠	1073
藪	1073
[illegible]	1073
鞏	1073
[illegible]	1073
瀆	1073
[illegible]	1073

二十四畫

靈	1074
蘿	1074
讓	1074
鬭	1074
贛	1074
顯	1074
鹽	1075
蠶	1075
蠹	1075
蘗	1075
[illegible]	1076
禱	1076

二十五畫

[illegible]	1077
欙	1077
觀	1077
蠻	1077
鼉	1077
鑯	1077
[illegible]	1078
譖	1078

二十六畫

彎　1078

糳　1078

二十七畫

鱸　1078

𩀱　1078

二十八畫

驩　1079

鑿　1079

二十九畫

鬱　1079

驪　1079

三十畫

爨　1080

𩕄　1080

三十三畫

麤　1080

其他

長木　1080

十二　1080

十三　1081

五十　1081

六十　1081

七十　1081

二月　1081

三月　1082

四月　1082

五月　1082

六月　1082

八月　1082

九月　1082

十月　1082

十一月　1082

十二月　1083

月七　1083

大夫　1083

日月　1083

營宮　1083

牽牛　1083

待釋字　1083